KB166139

이웃 사람들

무레 요코

숲 이웃 사람들

무레 요코 지음

목차

마사미의 집

마사미는 중학생 무렵부터 부모가 후루룩거리며 차 마시는 소리가 싫어 견딜 수 없었다. 녹차뿐 아니라 커피마저 후루룩거린다. 그리고 그것을 마신 이후 꼭 작게 한숨을 쉬었다.

"하아아~."

그 소리를 들을 때마다 마사미는 화를 냈다.

"그런 더러운 소리 그만 좀 내."

그러면 평소에는 별로 사이좋지도 않은 부모가,

"모르는 소리. 자고로 국수도 후루룩거리면서 먹어야 제

맛이지. 소리 안 내고 먹어 봐라. 그게 맛이 있겠냐?"

"맞아, 애. 집에 있을 때 정도는 괜찮잖니. 네 아버지도, 나도 밖에서는 제대로 매너 지켜. 그렇죠, 여보?"

합심해 마사미를 쏘아보았다.

부모가 내는 일상의 짜증 나는 소리를 안 듣도록 자동적으로 귓구멍이 닫히면 얼마나 좋을까 싶었지만 안타깝게도 인체에 그런 기능은 갖추어져 있지 않았다.

아무리 불평해도 개선될 기미가 없어 마사미는 하는 수 없다며 단념했다. 학창 시절에는 식사 때마다 화를 냈으나 사회인이 되고서는 후루룩이 시작되기 전에 먼저 식사를 끝내고,

"회사 지각하면 안 돼."

하며 집을 나와 후루룩 소리를 듣지 않게끔 했다. 부모 눈에는 성실하게 일하는 딸로 비쳤을 테지.

취직하고 삼 년 정도 지났을 때 집을 나갈까 생각한 적도 있었지만, 무슨 이유에선지 꼭 그때마다 심한 감기에 걸렸다.

'아, 정말 싫다. 회사 동료 중에도 혼자 사는 사람 많은데 나라고 못할 이유가 없지.'

콧김을 거칠게 내뿜었건만, 지독한 감기로 몸져눕게 되자 그 콧김은 괴로운 콧물로 바뀌었다. 엄마가 만들어 준 죽을 먹으며 침대 속에서 애처롭게 중얼거렸다.

"계획은 조금 뒤로 미루자."

그 이후에도 결심이 설 때마다 나, 아버지, 엄마의 몸 상태가 교대로 나빠져 마사미는 마흔이 되어서도 계속 본가에 눌러살고 있었다.

젊을 땐 동료나 학생시절 친구들에게 '패러사이트 싱글(parasite single, 성인이 되어서도 독립하지 않고 부모와 동거하는 미혼 자녀를 뜻하는 일본 신조어–옮긴이)'이라느니 '빌붙어 산다'는 소리를 들었고, 통근권 내에 본가가 있는데도 독립해 혼자 사는 동료는 퇴근 후 함께 식사하는 자리에서 부러운 눈빛으로 쳐다보며 이렇게 말하고는 했다.

"돈 많이 모이겠네~."

집에 돈을 보태고는 있지만 그들이 지불하는 집세, 생활

비보다야 적은 것은 사실이다. 하지만 동료에게 말했다.

"네가 집을 나온 이유가 있잖아. 나는 그걸 전부 감수해야 해. 이런 말은 하고 싶지 않지만, 그걸 돈으로 환산하면 너나 나나 거기서 거기 아닐까."

동료는 잠시 생각하더니 이해해 주었다.

"그런가, 그렇겠다. 매일 퇴근하고 집에 가면 부모가 있으니."

그러면서 열심히 권했다.

"너도 집 나와. 그러는 편이 무조건 좋아. 부모도 사고방식을 바꿀 테고 관계도 좋아질 거야. 부모도 익숙해져야해."

그녀도 부모의 간섭이 성가셨는데 따로 나와 살고부터 부모의 태도가 바뀌었다고 한다. 마사미는 고개를 끄덕이며 납득했으나 엄마는 자신이 혼자 살기 시작하면 매일 집에 찾아올 것이다. 지방에서 상경해 취직한 것도 아닌데 딸이 결혼도 않고 집을 나가다니, 라고 생각하는 사람이다.

그런 엄마 역시 행복 가득한 결혼 생활을 보낸 것은 아니다. 오십 넘은 아버지가 바람피우는 걸 간파했다고 할까, 아버지의 거짓말이 너무도 서툴렀기에 들켰을 때는 아수라장이 되었다. 그날 늦은 밤 아버지는 술이 떡이 되어 돌아왔다. 문을 열더니 그대로 현관에 쓰러져서 잠들고 말았다.

"여보, 좀, 셔츠 새 거니까 벗어요."

엄마는 잠옷 차림으로 일어나 재킷과 바지를 벗기기 시작했다. 그런데 엎드려 자고 있던 아버지의 엉덩이 부분에 팬티 앞섶이 떡하니 있는 게 아닌가.

"세상에, 엉덩이 쪽이 왜 벌어져 있니."

당시 스물다섯이던 마사미는 현관에서 들려오는 엄마의 큰 소리에 잠이 깼다.

"아악, 뭐야, 이게. 자, 잠깐만, 마사미, 이거 봐라."

노안이 시작되었던 엄마는 아버지의 팬티에 들러붙어 있는 긴 금색 머리카락을 재빨리 발견했다. 마사미 눈에 그것은 사람의 머리카락이 아니라 값싼 화학섬유로 만든 가발 머리카락이었다. 아버지는 엎드려 뻗은 채로 중얼거렸다.

"그거, 내, 머리카락, 이다."

"당신 머리카락일 리가 없잖아요. 대체 뭘 하다 온 거야."

그 자리에서 엄마가 아버지의 목을 조르는 모습을 마사미는 잠이 덜 깬 눈으로 바라보았다. 마사미는 아버지가 입고 있는 팬티 자락에 묻은 붉은 립스틱 자국을 보고 저도 모르게 시선을 돌리며 "나 자러 가요."라고 인사하고는 방으로 돌아왔다.

아침에 일어나 악몽을 꾼 게 아닐까 생각했으나, 그건 현실이었다.

다음 날 아침 식탁에서 엄마는 묘하게 가슴을 쫙 펴고서 밥을 먹고 있었다. 마사미 앞에는 평소대로 밥, 된장국, 생선구이 등의 아침 식사가 차려져 있었다. 한데 와이셔츠에 넥타이 차림의 아버지 앞에는 아무것도 놓여 있지 않았다. 아버지는 고개를 푹 숙인 채 잠자코 있었다. 마사미도 딱히 아버지에게 할 말도 없었고 이런 상황에 오랜 시간 있고 싶지 않아 허둥지둥 식사를 끝내고 평소보다 일찍 자리를 떴다.

"조심히 다녀와."

엄마 목소리의 10분의 1밖에 안 되는 성량으로 아버지도 말했다.

"다녀와라."

현관문을 열고 밖으로 나오자 엄마와 동갑인 옆집 야마카와 씨가 문 앞을 쓸고 있었다. 줄곧 본가에 살고 있다 보니 이웃 아줌마들의 점검하는 눈이 매섭다. 고등학교 진학 때는 "어느 학교 시험 치니?" 그다음에는 "어느 대학 가니?" 그다음에는 "어느 회사에 취직했니?" 그리고 "언제 결혼하니?"다. 야마카와 씨도 그런 아줌마 무리 중 한 명으로 동네 사람들의 이야기를 너불거리기 좋아한다. 어린 시절부터 마사미는 그녀에게 들은 이웃들의 소문을 즐겁게 이야기하는 엄마를 지겹도록 보았다. 야마카와 씨는 아카쓰카 후지오(赤塚不二夫, 개성 있는 캐릭터가 등장하는 개그 만화로 인기를 얻은 만화가—옮긴이)의 만화에 나오는 레레레 아저씨처럼 시간만 있으면 온 동네를 쓸고 다니는 터라, 아이들은 뒤에서 야마카와 씨를 레레레 아줌마라고 불렀다. 자녀는 없고 십년 전에 남편과 사별한 뒤로 천애 고독한 신세가 되었다고 한다. 그런데 혼자가 되고 생기발랄하게 지내는 모습에 엄마는 기뻐하고, 아버지는 슬퍼하던 모습이 기억에 남아 있다.

"안녕하세요."

마사미가 고개를 숙이자 아줌마는 만면의 미소를 띠며,

"어머나, 마사미구나, 좋은 아침이야. 어젯밤, 장난 아니었어."

하고는 마사미의 어깨를 두드렸다.

"네?"

마사미는 말문이 막혔다.

"아버지 괜찮니? 막 고함지르고 그러던데."

"그래요? 아버지는 집에 들어오자마자 잠이 들어서, 밖에서 고함질렀는지 몰랐어요."

"제법 큰 소리가 멀리서 계속 들렸어. 더군다나 여자 이름을 불러 대던걸. 오호호호."

야마카와 씨는 아주 즐거워 보였으나, 마사미는 핏기가 슥 가셨다.

"뭐라고 하던가요?"

"그게 말이야, 오호호. 스테파니, 사랑해, 라고 하는 거 있지."

자고 있던 마사미는 아버지의 그런 소리 같은 건 듣지 못했다. 야마카와 씨는 크게 웃으며 재차 마사미의 어깨를 툭툭 건드렸다. 탈구될 것 같았다.

"죄, 죄송해요. 민폐를 끼쳤네요."

"아유 괜찮아, 아버지도 스트레스가 쌓였을 테지. 얼마 진에 승진하셨잖니. 여러모로 힘들 거야."

어째서 아버지의 승진을 알고 있는지 마사미는 놀랐으나.

"죄송해요, 그럼 이만 출근해야 해서요."

서두르는 척하며 그 자리를 벗어났다.

'스테파니라니. 분명 그 금발 가발의 여자겠지. 팬티를 거꾸로 입은 것도 모르다니. 나이 먹고 참 잘하는 짓이다.'

아버지에 대한 분노로 가슴이 붙었는지 마사미는 평소보다 일찍 역에 도착했고 회사에 도착해서도 분노를 억누르지 못했다.

형제자매가 있으면 부모에 대한 푸념을 함께 나눴겠지만, 외동인 마사미는 전부 자신 안에서 처리하는 수밖에 없었다. 그것이 우울했다. 후루룩거리는 소리나 아버지의 바람기 같은 이야기를 동료와 친구에게 의논할 수도 없어서 일하며 키보드를 힘껏 두드리거나 메모에 볼펜을 꽂아 세운 채 빙빙 돌리면서 분노를 체내로부터 빼내려 했다. 스테파니 사건 이후 마사미는 한동안 어떤 표정으로 아버지의 얼굴을 봐야 좋을지 몰랐으며, 그렇잖아도 관록이 붙었는데 거기에 한층 더해 묘하게 의기양양한 엄마의 태도도 싫었다. 더구나 부모의 '후루룩'은 개선될 기미가 안 보였다. 그리고 옆집 야마카와 씨의 엄청난 정보력에 놀라 마사미는 다시 투덜댔다.

"아, 역시 집 나가고 싶다."

야마카와 씨는 깨끗한 걸 좋아해서 마사미네 집 앞뿐만 아니라 동네 전체를 깨끗하게 청소한다. 기본적으로 나쁜 사람은 아니고 마음씨 고운 아줌마다. 하지만 역시나 남의 이야기를 좋아하는 소식통에는 정신을 바짝 차리지 않으면 안 된다. 마사미는 방어 태세를 취하면서도 엄마가 야마카와 씨와 무슨 이야기를 나누는지, 무의식중에 어떤 정보를 그녀에게 주고 말았는지 신경 쓰여 견딜 수가 없었다.

스테파니 사건이 있고 5년 후, 마사미는 사내의 다른 부서에 있는, 다섯 살 연상의 남성에게 고백을 받았다. 185센티미터의 장신에 철사 같은 체형이 허약해 보여서 조금 신경은 쓰였지만 딱히 싫은 점은 없었기에 결혼을 전제로 생각하지 않고 교제를 시작했다. 단순히 보이프렌드인 셈이었다. 혹시나 앞으로 결혼할 마음이 들면 그건 그때 가서 생각하자는 마음이었다. 아직 애인이라고 말할 만한 단계도 아니어서 부모에게는 물론 회사 친구들에게도 말하지 않았다.

그와의 데이트는 특별히 설레거나 흥분되지 않았다. 세 번째 데이트 때, 평소보다 시간이 늦어져 그가 집까지 바래다주겠다고 했다. 마사미는 기뻤으나 그가 바래다주는 기쁨보다도 야마카와 씨를 경계하는 마음이 더 강했다. 그녀가 어디에 정보망을 갖고 있는지 모르는 데다 하물며 장신인 그와 둘이 걸으면 눈에 띄는 거야 두말할 것도 없다. 아무리 사양해도 그가 바래다주겠다고 집요하게 구는 통에 마사미는 마지못해 승낙했다.

가장 가까운 역에서 집으로 돌아가는 길, 마사미가 사방팔방 두리번두리번하는 모습을 본 그가 의아한 표정을 지었다.

"왜 그래?"

"음, 이 시간에 돌아다니지는 않을 것 같긴 한데."

야마카와 씨의 이야기와 스테파니 이야기를 했더니 철사같이 호리호리한 몸이 뒤로 넘어갈 듯 움씰거리며 크게 웃어댔고 마사미는 말하지 말 걸 그랬다며 후회했다.

"남의 이야기 좋아하는 사람은 어디에나 있어. 시간이 남아도나 보지. 소문나도 상관없지 않나?"

그는 어쩐지 즐거워 보였으나 마사미는 도저히 그럴 기분이 들지 않았다.

"아니, 그게, 그 사람에게 알려지면 곤란해요."

이윽고 마사미의 집에 다다랐다.

"오늘 잘 먹었어요. 집까지 바래다줘서 고마워요."

그는 인사하는 마사미와 도로 모퉁이에 있는 집의 문패를 번갈아 보며 고개를 갸웃거렸다.

"성이 다른데……."

"우리 집은 이 모퉁이를 돌면 바로예요. 조금만 가면 되니까 여기서 인사해요."

"대체 왜? 집까지 바래다줄게."

"그건, 안 돼요."

"어째서?"

"그러니까, 아까 말했던 그 아줌마 집이……."

"신경 쓸 필요 없잖아? 일부러 집 밖에 나와서 사람 드나

드는 것을 계속 지켜보고 있지는 않을 거 아냐."

"그게……. 어쩌면 그럴지도 모를 정도로 이웃의 소문을 많이 알고 있어요."

"됐어. 난 신경 안 써."

그는 마사미의 겉옷 소매를 당기며 걸어가려 했으나, 마사미는 산책 중에 주인이 줄을 잡아당겨도 완강하게 버티는 개처럼 다리에 힘을 주고 버텼다.

"에이, 가자."

"안 돼요. 아줌마 집을 중심으로 반경 오십 미터는 초위험지대라고요."

"그런 일 없을 거래도."

"있어요. 한밤중에 아버지가 떠든 그 내용까지 알고 있었다고요. 그런 사람은 나이를 먹어도 청력이 좋아서 이상한 감이 작동한단 말이에요."

그는 싫다고 하는 마사미의 팔꿈치를 잡고는 억지로 걷게 했다. 아무리 철사 체형이라도 남성의 힘에 저항할 수 없었던 마사미는 질질 끌려갔다. 그때 이 사람과 헤어져야겠다고 결심했다.

그는 도로 양측의 명패를 보며 걸어갔다.

"얼마나 더 가야 해? 표식이 될 만한 거 있어?"

마사미는 잠자코 있었다. 그저 속으로 기도했다.

'야마카와 아줌마를 만나지 않게 해 주세요.'

두 번째 끝의 가로등 아래에 가운 차림을 한 여성의 실루엣이 갑자기 드러났다.

"앗."

마사미는 작게 소리치며 그의 손을 뿌리치고는 근처 담벼락에 찰싹 달라붙었다.

"왜 그래?"

그는 전방 가로등의 불빛과 마사미를 번갈아 쳐다봤다.

"그 사람?"

"맞아요, 틀림없어. 그 거대한 핑크 차림에 곰돌이 무늬가 그려진 이불 같은 가운. 겨울에 항상 입는 옷이에요."

그녀와 마주치지 않도록 그렇게 기도했건만, 어째서 이렇게 기막힌 타이밍에 모습을 드러내는 건가, 하며 신을 저

주하고 싶어졌다.

"이쪽을 보고 있는데?"

"키가 커서 눈에 띠니까요."

"집에 들어갈 기미가 안 보이는군."

"아무튼 여기서 그만 돌아가요. 성가신 일에 휘말리는 거 질색이에요. 나 혼자 갈게요. 오늘은 정말로 고마웠어요."

마사미는 속사포처럼 인사하고는 걷기 시작했다.

"뭐야, 조금 전까지는 꼼짝도 안 하더니 갑자기 걸어가고……."

그의 말이 멀어지는 것을 느끼며 마사미는 결심하고서 집 쪽으로 걸어갔다.

거리가 가까워지자 야마카와 씨가 싱글벙글 웃기 시작했다. 그 얼굴을 보고 정색할 수는 없었기에 마사미도 억지웃음을 지으며 인사했다.

"안녕하세요."

야마카와 씨는 밤 10시가 넘은 시간에 곰돌이 무늬 가운을 입고 오른손에 빗자루를 들고 있었다. 대체 무엇을 청소한단 말인가. 어쩌면 저 빗자루에는 이웃에 대한 소문의 씨앗을 감지하는 비밀 병기라도 탑재된 게 아닐까 하는 의심이 들었다.

"이제 오니? 어머, 조금 전에 남자와 함께였잖니. 어떻게 된 일이야? 남자는 갔니?"

그녀는 눈을 반짝이고 있다. 목욕을 했는지 떡칠한 크림 탓에 얼굴이 번들번들하다.

"안 추우세요? 괜찮으세요?"

마사미는 질문에는 대답하지 않았다.

"괜찮아. 여기에 지방이 듬뿍 붙어 있으니까. 아하하하하."

야마카와 씨는 왼손으로 아랫배를 두드렸다.

"그러세요? 그럼, 먼저 들어갈게요."

마사미가 스윽 지나가려하자 야마카와 씨가 움직이며 앞을 막았다.

"얘, 있었지? 아까 함께 왔었잖니. 그 사람 누구? 애인?

결혼할 거니? 부모님께 소개했어?"

야마카와 씨의 눈이 반짝반짝 빛나고 있다.

"회식이 있었는데 선배가 같은 노선이라 바래다줬을 뿐이에요."

"어머, 그래? 팔짱 끼고 있는 것처럼 보이던데."

"아뇨, 아니에요. 제가 오랜만에 힐을 신었더니 턱이 진 곳에서 비틀대서 잡아준 것뿐이에요."

"아, 거기 맨홀 턱 진 곳 말이지? 좀 위험하긴 하지."

마사미는 자신도 거짓말이 늘었다고 생각하며 스스로 감탄했다.

"꽤 키가 큰 사람이던데. 그런데, 마사미에게는 키가 너무 크더라."

"그래요?"

"그럼, 마사미에게는 173센티미터 정도의 사람이 균형적으로 좋지. 너무 큰 남자는 일본 집에는 거치적거리잖니. 그렇구나, 틀림없이 마사미 애인일 거라고 생각했는데……. 뭐, 하기야. 좀 믿음직하지 못한 느낌이 나는 게 바람이 불면 휙 날아갈 듯한 사람이었어, 아하하하."

뭐가 '아하하하' 인가 싶어 어이가 없었지만, 마사미는 비위를 맞추며 함께 웃었다. 한참 심문을 받은 끝에 무사히 해방되었다.

"다녀왔어요."

문을 여는 순간 피로가 몰려왔다. 그 자리에서는 잘 둘러댔다고 해도 뒷날 무슨 말을 듣지는 않을까 하고 겁이 났지만, 다행히 아무 말 없었다. 다만 선배가 바래다줬다는 마사미의 이야기는 역시 엄마의 귀에 들어갔고,

"바래다줬으면 집까지 데리고 왔어야지. 부모가 고맙다는 인사도 안하면 그 사람에게 실례잖니."

엄마는 웬일로 엄마다운 말을 했다. 마사미는 두 번 다시 둘이서는 만나지 않겠다고 결심했으나, 야마카와 씨에게도 엄마에게도 데이트 상대로 여겨지지 못한 그. 그리고 남성을 데리고 왔는데도 자신의 거짓말에 한 치의 의심도 없이 깨끗하게 애인이 아니라고 납득하는 반응에 저 자신도 조금 가여웠다.

철사 체형의 그와는 바로 헤어졌다. 그로부터 6년 후 일로 알게 된 남성과 교제했는데 그는 지금껏 애인을 집까지 바래다 준 적이 없다며 자만하는 남자였다.

마사미도 딱히 "안 바래다주면 미워할 거야." 하며 남성에게 아양 떠는 타입이 아니어서 야마카와 씨에게 목격될 만한 일은 일어나지 않았다. 그건 그대로 좋았으나 목격을 못 하게 되자 망상이 심해지는 모양인지, 마치 마사미의 출근에 맞춰 문 앞에서 대기하고 있는 건 아닐까 싶을 정도로 아침에 문을 열면 야마카와 씨가 싱긋 웃으며 서 있었다.

"좋은 아침."

물론 손에는 빗자루를 들고서 말이다.

'또 빗자루야.'

"안녕하세요."

마사미는 인사하면서 속으로 혀를 찼다. 야마카와 씨는 손에 빗자루를 든 채 역으로 서두르는 척하는 마사미를 쫓아오며,

"잠깐만, 마사미. 13분 전철 타지? 그렇게 서두르지 않

아도 돼."

하고 걸음을 멈춰 세운다. 마사미가 타는 전철 시각까지 알고 있었다.

"아, 네."

"요즘 만나는 사람 있니?"

"아뇨, 없어요."

있건 없건 그렇게 대답할 수밖에 없다.

"마사미도 서른여섯이지?"

"네."

"꾸물거리니까 고령 출산 범위에 들어가 버렸잖니. 씨만 받으면 되니까 아이만이라도 낳아 두는 건 어때? 네 부모님 한가하시니까. 한가롭게 있는 사이에 딸내미는 서른여섯이나 되고 말았네."

"하아……."

마사미는 정말이지 몇 번이나 허리를 굽히며 뒷걸음질 치면서,

"죄송해요, 출근해야 해서요."

하고는 야마카와 씨와 멀어졌다.

"그래, 다녀와."

야마카와 씨는 밝게 웃으며 손을 흔들었다.

"그럼, 다녀오겠습니다."

마사미는 고개를 숙이면서도 옆집 딸, 그것도 독신인 딸의 출산 따위 제발 좀 상관하지 말라고 말하고 싶었다.

아무래도 이건 말하는 게 좋겠다고 생각해서 저녁 식사 때 부모에게 야마카와 씨의 말을 그대로 전달했다. 그러자 다니던 회사를 정년퇴직하고 촉탁 업무로 일하고 있는 아버지가 밥을 입안에 가득 넣은 채로 웃었다.

"모후후후."

'픽도 웃기다!'

마사미가 잔뜩 성이 난 얼굴로 간살맞은 표정을 짓고 있는 아버지를 쳐다보았다. 아버지는 큭큭 대며 입속의 것을 삼킨 뒤,

"부모가 못한 말을 대신 해 주었군."

하며 만사태평한 얼굴을 하고 있다.

"참나."

마사미가 어이없어하는데 엄마가 옆에서 끼어들었다.

"이웃도 그렇게 생각할 정돈데 부모는 훨씬 걱정이 되지. 다만 이러쿵저러쿵 얘기하면 네가 스트레스 받을 테니까 안 하는 것뿐이야. 너, 계─속 이 집에 있을 생각이지?"

"전혀. 지금껏 몇 번이나 독립하려고 생각했었어. 제발 나 좀 내버려 둬."

그렇게 기세 좋게 말했지만, 집에 바래다주지 않는다고 선언했던 그의 양다리가 발각되어 헤어졌다. 그 이후로 남성 관계는 전무하다.

사십 대에 돌입하기 전인 서른여덟, 아홉쯤에 부모가 나서서 이런 것도 있는 것 같던데, 하며 맞선 파티 팸플릿을 내밀었다. 자초지종을 들어보니 그 팸플릿은 야마카와 씨가 부탁하지도 않았는데 멋대로 들고 온 거였다. 마사미는 오지랖도 심하다 싶었으나 부모는 고마워했다.

"자기 자식처럼 마사미를 챙겨 주니 고맙네."

당연히 마사미는 참가할 생각이 없어 무시했다. 부모는

마사미에게 결혼을 재촉하는 말을 하지 않았는데 옆집 야마카와 씨는 그렇지 않았다.

맞선 파티를 계속 거절하자 한동안 조용하더니, 돌연 서슴없이 집 안에 들어와서는 아버지와 거의 동년배인 남성의 사진을 보여주었다.

"여러모로 생각해 봤는데, 역시 마사미는 머리가 좋으니까 어른스러운 남자가 좋을 것 같아. 그래서 말이지, 이 사람은 어떠려나? 후처를 찾고 있다는데. 정자는 없을지 모르지만, 돈은 많아."

'여러모로 생각 안 해 주셔도 되네요.'

기가 막혔지만 마사미는,

"네, 고맙습니다."

라고 할 수밖에 없었다. 부모도 헛웃음을 지으며 사진을 쳐다보고는,

"오홋, 허허."

따위의 의미 없는 말을 내뱉었다.

'뭐가 허허야.'

마사미는 늙은 세 사람을 곁눈질로 쳐다보았다.

마흔이 되니 회사 동료 중 미혼은 마사미 외에는 한 명밖에 없었다. 잠깐 만났던 철사 체형의 선배도 진즉에 결혼했다. 마사미와 같은 미혼의 친구는 이미 달관하여 남자는 필요 없다, 개만 있으면 그걸로 충분하다고 했다. 그녀는 자력으로 맨션을 구입해 혼자 살고 있다. 그런 모습에 자신을 되돌아보니 젊은 시절 부모 곁을 벗어나지 않는다며 들었던 '패러사이트 싱글', '빌붙어 산다'라던 말이 다시 떠올랐다.

그런데 최근에 마사미는 패러사이트라는 비난을 듣기는커녕 "고생이네", "대단하네"라는 말을 듣게 되었다. 이제는 부모의 간병 요원으로 대기하고 있는 것처럼 보이나 보다. 지금껏 내내 본가에 있었으면서 부모의 건강이 나빠졌다고 집을 나갈 수야 없는 노릇이며 유야무야 본가에서 살다 보니 자연히 부모 간병 대기 상태가 되고 만 것이다.

일요일 아침 식사 후 아버지가 산책을 나섰다. 현관에서 신발을 신고 일어서는 뒷모습을 무심히 보고 있다가 마사미는 새삼 '나이가 들었구나' 하고 느꼈다. 일흔을 바라보는 나이가 되었으니 고령자에 속하기는 하나, 그 스테파니 사건의 동일인물이라고는 도무지 생각되지 않았다. 엄마는 변함없이 몸을 움직일 때마다 끄응을 연발한다. 마사미는 간병 대기 요원이지만, 부모가 건강하게 생활하고 있다는 사실이 정말로 고마웠다. 그런 생각을 하면서 가족의 신발이 놓인 현관 청소를 시작하는데 문 밖에서 아버지와 야마카와 씨의 목소리가 들려왔다.

"어제 집 안에서 넘어졌어요. 쓰러진 곳에 뾰족한 거라도 있었으면 다쳤을 테고 운이 나빴다면 죽었을 거예요. 나이가 드니 무슨 일이 일어날지 모르겠어요."

"바깥보다도 집 안이 더 위험하다더군요."

"서글퍼라. 다리와 허리가 약해졌다는 증거죠……."

대화는 끝없이 이어졌다. 여기서 얼굴을 내밀면 분명 성가셔진다. 바닥도 깨끗해졌으니 자리를 뜨려는데 갑자기 문이 열렸다.

"앗."

마사미가 몸을 젖히자 아버지가 표정도 안 바꾸고 나무 상자를 건넸다.

"야마카와 씨가 주더구나."

이것은 야마카와 씨가 직접 만든 오하기(멥쌀과 찹쌀을 섞어 쪄서 가볍게 친 다음 동그랗게 빚어 팥소나 콩가루 등을 묻힌 떡—옮긴이)로, 특별한 행사가 없어도 대량으로 만들어서 마사미 집에도 가져다준다. 마음에 안 드는 이웃집에는 주지 않는다는 것도 알고 있었다. 그 오하기는 시중에 파는 그 어떤 오하기보다 맛있어서 마사미도 정말 좋아했다. 그러나 이런 때에도 야마카와 씨의 오른손에는 빗자루가 들려 있다.

"고맙습니다. 잘 먹을게요."

이건 솔직한 마음이다.

"그런 말을 들으니 내가 더 기쁘네. 마사미는 내 딸 같으니까. 이렇게 쪼끄만 할 때부터 봐왔으니."

"정말로 신세 많이 졌지요."

아버지는 몇 번이나 고개를 숙였다. 마사미는 여기서 스테파니 사건을 꺼내면 재밌을까, 하고 순간 생각했으나 일단은 아버지의 자존심을 지켜주기 위해 잠자코 있었다.

"마사미에게 그럴 마음이 없다면 결혼을 강요하는 건 가혹한 일이지."

야마카와 씨는 이제까지와는 180도 바뀐 말을 했다. 마사미는 '이제야 알아주는구나' 하고 마음이 놓였다.

"결혼이 전부는 아니란다. 부모와 노인은 소중히 여겨야 해."

야마카와 씨는 상냥하게 웃으며 마사미의 눈을 물끄러미 쳐다보면서 몇 번이나 혼잣말처럼 반복했다. 갑자기 왜 이러지, 하고 생각하며 야마카와 씨의 얼굴을 보던 마사미는 뜨끔했다.

'뭐야, 혹시 자신의 간병 대기 요원으로 생각하고 있는 거야?'

등줄기가 서늘해졌다.

"아, 네, 그렇죠."

마사미는 억지웃음을 지으며 오하기에 넘어가서는 안 된다고 스스로를 타이르면서도 그녀를 매정하게 못 대하는 자신을 깨달았다.

밉상 긴지로

마사미 집에서 한 구획 벗어난 모퉁이에 있는 큰 집에는
긴銀지로가 살았다. 불그스름한 얼굴에 키가 크고 뚱뚱했
으며 아기가 들어 있는 임산부처럼 배가 나왔다.

"저 아저씨, 프로레슬러였던 거 아냐?"

동네 아이들은 수군거렸다.

그는 아이들이 등교하는 시간에 자신의 집 앞에서 팔짱
을 낀 채 다리를 쩍 벌리고 서 있다. 와이셔츠와 헐렁한 그
레이 멜빵바지 차림으로 늘 이것저것 집요하게 불평을 해
댔다.

"거참, 시끄럽다, 너희."

"조용히 걸어라. 모래 먼지로 내 집 담장이 더러워지잖냐."

마사미를 포함한 아이들은 처음에는 순순히,

"네."

하고 대답했으나 하도 난리를 치니 나중에는 건성건성 적당히,

"네에."

하고 대답했다. 그런 태도는 역시 탄로 나기 마련이었고, 그는 고함을 질러댔다.

"뭐야, 그 태도는. 어른을 똑바로 공경 안 해?"

매일매일 불평을 해대는 성가신 아저씨에게 아이들은,

"긴지로 자식 시끄럽네."

라며 뒤에서 몰래 반말을 해댔고, 등교할 때는 그의 집 앞을 지나가지 않도록 길을 둘러 갔다.

마사미도 경로를 바꾸었다. 집 앞의 길을 나와 왼쪽으로 꺾으면 긴지로의 집이어서 오른쪽으로 돌아갔다. 그 길로

가면 긴지로의 집 뒤쪽을 지나 학교에 갈 수 있어서 그의 불평을 듣지 않아도 되었다. 어느 날 모퉁이를 우회전하면서 긴지로 집 쪽을 슬쩍 쳐다보니 불쾌한 표정의 긴지로가 평소처럼 팔짱을 낀 채 무섭게 서 있었다. 그 모습을 본 마사미는 들키지 않으려 허둥지둥 서둘렀다.

마사미는 엄마에게 등교 때의 일을 이야기했다.

"그 아저씨는 이름이 왜 그래?"

등교 전 머리를 묶어 주고 있는 엄마에게 물은 적이 있다.

"그 사람은 네 아빠보다 스무 살 정도 많아. 세 형제 중 둘째인데, 형은 킨金타로, 동생은 도銅자부로라는구나."

긴지로의 아버지는 돈에 집착이 강해 아들들에게 금, 은, 동이 붙은 이름을 지었다고 한다.

"그런 걸 어떻게 알아?"

"야마카와 씨가 알려 줬지."

마사미는 긴지로보다도 강렬한 도자부로라는 이름의 동생에게 깊은 동정이 갔다.

긴지로의 아내는 흰 피부에 몸집이 작고 말랐는데 마사미가 엄마를 따라 동네 슈퍼마켓에 갈 때면 자주 만났다. 엄마가 인사를 건네기에 따라서 꾸벅 고개를 숙이자 수수한 색의 옷을 입은 그녀도 허리를 굽혀 살짝 미소 짓고는 슥 사라지듯 떠났다. 쪼글쪼글한 콩나물을 보면 항상 그녀가 떠올랐다. 집 근처에서 얼굴을 마주쳐도 그저 가볍게 인사할 뿐이었다. 수수하고 한없이 조용한 사람이었다.

야마카와 씨의 정보에 의하면 긴지로 일가는 오래전부터 이 지역에 살았던 사람으로 대금업으로 재산을 모은 긴지로의 아버지가 자금을 내어 아들들에게 큰 장사를 시켰다고 한다. 긴지로는 늘 점심이 지나서 회사에 출근했고, 검은색 외제 승용차가 집 앞에 서 있었으며 흰 장갑의 운전사와 아내가 공손히 고개를 숙이면 으스대며 차에 오른다는 이야기였다. 그 이야기가 만일 거짓이라 해도 충분히 납득될 만큼 긴지로의 태도는 오만했다. 그에 비해 아내는 치장도 안 하고 마치 여직원 같았다.

마사미의 집도 그렇고 이웃 대부분이 분양주택인 데 반

해 긴지로는 여섯 채 분은 족히 되는 부지에 성 같은 훌륭한 기와지붕의 일본가옥을 짓고 산다. 그곳에서 긴지로는 아내와 둘이서만 살고 있었다.

"마사미, 너는 어려서 기억 못하겠지만, 여기에 이사 왔을 때부터 그 집 앞을 지나가면 아저씨가 고함치는 소리가 들려왔다니까. 아들이 하나 있는데 중학교 졸업할 때까지는 본 기억이 나는데 그 이후에는 안 보였어. 너보다 열네 살 정도 많았던가. 그렇게 꽥꽥거리는데 누가 집에 있고 싶겠어."

야마카와 씨의 말에 의하면 아들이 그 이후 그 집에 드나든 기척은 없다고 한다. 어째서 그런 것까지 다 아나 했더니, 긴지로네 옆에 사는 사다코 씨가 야마카와 씨와 같은 무리라 옆집의 상황을 체크했기 때문이었다.

긴지로 집의 도로 측은 블록 담장이지만, 옆집인 사다코 씨네 집과의 경계는 산울타리로 되어 있어 사다코 씨네 주방의 창을 통해 그의 집 내부가 훤히 잘 보였다. 긴지로의 집은 응접실이 마당에서 가장 가까운 장소에 있어, 사람이 오면 반드시 아내를 시켜 큰 돌이나 등롱이 있는 마당을 향해 난 미닫이문을 열어 놓았다.

"대체로 찾아오는 건 정장 차림으로 머리를 조아리며 굽실거리는 남자들뿐이라고 했으니 은행 관계자나 업자 사람들 아닐까?"

마사미의 엄마는 아이가 집을 떠났다고 해도 학생이면 방학 때, 직장인이라면 연말연시에는 본가에 찾아올 텐데 그런 일이 일절 없는 것 보니 연을 끊은 게 틀림없다고 추리했다.

긴지로는 넓은 마당을 손질해 주는 정원사들에게도 건방진 태도를 보였다. 사다코 씨는 오른손에 주먹을 쥔 채 늘 고함치는 모습을 몰래 엿봤다. 머지않아 정원사들은 오지 않게 되었고, 그 대신 홈쇼핑에서 판매하는 전지가위를 쪼글쪼글 콩나물 같은 아내 손에 들려 놓고서 자신은 집 안에서 명령했다.

"오른쪽, 좀 더 오른쪽. 아이참, 당신 뭘 하는 거야."

그 모습을 본 사다코 씨는 열이 받아,

"네가 해라, 네가."

하고 소리를 칠 뻔했다. 아내는 몸을 비틀거리며 가지를 조금씩 쳐 나갔다. 하지만 힘이 없으니 두꺼운 가지는 쳐내지를 못한다. 그 모습을 본 긴지로는,

"참네, 정말이지, 당신은 도움이 안 돼."

라고 지껄이며 방 안으로 들어갔다. 그런데도 아내는 버티고 서서 가지를 치려했다고 한다. 사다코 씨가 걱정하며 대체 어쩔 작정인지 지켜보니 15분 정도 나뭇가지와 씨름하다가 결국 포기하고 집 안으로 들어가더란다. 그리고 잠시 뒤 실내에서 소리를 꽥꽥 질러대는 긴지로의 목소리가 들려왔다고 한다.

이 이야기를 들었을 당시 중학생이었던 마사미는 남자, 남편으로서의 긴지로의 태도에 분개했다. 이미 아이들이 상대해 주지 않는다는 사실을 스스로도 알게 되어 재미가 시들었는지, 아이들이 등교할 때마다 질러 대던 긴지로의 성가신 설교는 사라졌다. 하지만 이따금 집 앞을 지나갈 때면,

"대체 뭐 하자는 거야?"

"당신은 새대가리야."

하며 부인에게 욕을 퍼붓는 소리가 들려와 정말 거북한 기분이 들었다. 마사미는 주위에 사람이 없는 것을 확인하고서 그 집을 향해 소리친 적도 있었다.

"썩을 영감."

"보통 회사에 있을 시간인데 왜 나 학교 마치는 시간에 집에 있어?"

마사미가 엄마에게 그렇게 묻자 성격이 그 모양이니 회사에 있으면 직원들에게 미움받으니까 일은 부사장에게 맡기고서 집에 돌아와 거들먹거리고 있는 게 아니겠냐고 했다.

"경영자는 출근하지 않아도 직원이 벌어다 주니 좋네."

"저렇게 집에만 있을 거면 아내를 더 아껴 줘야지. 아내가 가여워."

마사미가 중얼대자 엄마도 끄덕였다.

"저 세대의 사람은 부모나 지인이 소개하는 상대를 만나 결혼하고는 했으니까. 아내도 돈 걱정은 안 하고 살았겠지만, 참 안 됐네."

마사미는 자신의 부모가 특별히 사이가 좋다고는 생각하지 않았으나 아버지가 엄마에게 폭언을 내뱉는 모습을 본 기억은 없다. 술을 마시면 정신을 잃는다거나 정작 필요할 때 의지가 안 되는 등 여러 문제도 있고, 마사미는 사춘기에 접어들며 아버지와는 제대로 대화를 나누지 않았지만 마음속으로는,

'저 인간보다는 아버지가 훨씬 낫지.'

하며 안도했다.

마사미가 고등학교에 입학한 직후 등교하기 위해 집을 나서는데 모퉁이 너머에 설치되어 있는 동네 게시판에 동네회장 아저씨가 벽보를 붙이고 있었다.

"안녕하세요."

마사미가 인사하자,

"그래, 학교 가는구나. 이제 다 컸네."

하며 힘을 집중해 압정으로 종이를 고정시키고 있었다.

마사미는 아무 생각 없이 그 벽보를 쳐다봤는데, 그것은 부고를 알리는 내용이었다. 거기에는 긴지로의 주소가 적혀 있었고, 그 순간,

'죽었나.'

하고 생각하며 자세히 봤더니 죽은 사람은 긴지로가 아닌 아내였다. 쉰일곱이라는 젊은 나이에 아내의 이름이 긴코였다는 사실에 놀랐다.

"아무 조짐도 없이 집 안에서 쓰러져 그대로 갔다는구나. 이 아저씨도 깜짝 놀랐단다."

동네회장은 자신이 붙인 종이를 물끄러미 보고 있었으나 마사미는 계속 그곳에 있을 수는 없었기에,

"그럼 다녀오겠습니다."

라고 인사하고서는 그 자리를 떠났다.

전철 안에서는 열불이 나서 견딜 수 없었다. 그 가냘파 보이는 아내에게 정원수 손질을 시키고 쉴 새 없이 큰 소리로 고함을 질러 대다니. 분명 아내는 평생을 참다가 빨리 죽은 것이다. 모두에게 미움받는 긴지로가 죽었어야 하는데.

"썩을 자식……."

무심코 입 밖으로 나온 말에 옆에 있던 아버지와 동년배로 보이는 회사원 남성이 깜짝 놀란 표정으로 마사미의 얼굴을 쳐다봤다.

학교에서 돌아오니 엄마가 정신없이 검은 가방이며 염주 등을 거실 소파 위에 늘어놓고 있었다.

"긴지로 씨네 아내가 죽었다는구나."

"응, 오늘 아침에 게시판에서 봤어."

"어머, 그랬니. 쉰일곱이란다. 아직 젊은데 불쌍해서 어쩌니."

엄마는 옷장에서 문상용 원피스를 꺼내 와서는 마사미가 보는 앞에서 입고 있던 얇은 스웨터와 면바지를 벗기 시작했다.

"엄마 뭐 하는 거야?"

"한동안 안 입었더니 들어갈지 모르겠네."

"엄마 방에서 하면 되잖아. 왜 여기서 벗어?"

엄마는 마사미의 말에는 대답도 않고,

"어?", "어라?", "으음.", "읍."

과 같은 다양한 소리를 내며 몸을 비틀어 원피스에 몸을 집어넣으려 애쓰고 있었다. 등 쪽의 지퍼를 올리는 것에 애를 먹자 활짝 벌어진 등을 마사미에게로 말없이 돌렸다.

'얼른 숨겨 줘.'

둥글고 살찐 등이 그렇게 호소해서 하는 수 없이 마사미는 지퍼를 올려 주었다.

"옷이 터질 것 같은데."

마사미가 지적했다.

"아냐, 얘. 스판 소재라서 꽉 안 껴."

엄마는 억지를 부렸다.

"꽉 껴 보여."

"역시 그러니? 그래도 이 옷밖에 없는데······. 괜찮아, 두세 끼 굶으면 들어갈 거야."

가능할 리가 없잖아. 마사미는 어이없어하며 거울 앞에서 숨을 한껏 들이마시며 배를 집어넣고 있는 엄마의 모습을 쳐다보았다.

"그래, 마사미, 너도 경야經夜에 가는 게 좋겠다."

엄마는 다시 등을 돌려 마사미에게 지퍼를 내려 달라고 하고서 원피스를 벗고는 후아 하고 한숨을 쉬었다.

"내가? 왜?"

"뭐든 경험해 두는 게 좋아. 참석하는 사람도 많을 테니 갔다가 바로 오면 되잖니. 옷은 교복이면 돼."

마사미는 그런 장소는 마음이 무거웠지만, 긴지로가 대체 어떻게 하고 있을지 궁금하기도 해서 이번에는 엄마의 말을 따르기로 했다.

다음다음 날, 물론 엄마의 살은 빠지지 않았다. 엄마에게 부의 포장법은 결혼식 축의금과는 다르다는 것과 분향 방법 등을 배우고서 함께 장례식장으로 향했다. 이름은 모르지만 동네에서 가끔 얼굴을 마주치는 사람도 많이 보였다. 접수대에 부의를 전하자 작은 종이봉투를 건네받았다.

"이건 조문 답례품이야. 옛날에는 장례를 치른 후에 보내 줬는데 요즘에는 그 자리에서 건네는 경우가 많아."

"아─."

모녀는 작은 소리로 말하며 분향 순서를 기다렸다. 그 사이 마사미는 제단 옆에 앉아 있는 긴지로를 계속 관찰했다. 몸이 커서인지, 아니면 이런 때조차도 그 거만한 태도가 안 고쳐지는지 상주인 긴지로는 파이프 의자에 다리를 쩍 벌리고 앉아서는 몸을 뒤로 젖히고 있었다. 분향을 끝낸 참석자가 인사를 건네는데도 모르는 척이다. 그의 뒤에는 긴지로의 킨 형과 도 동생인지 두 부부가 나란히 앉아 있었다. 남성들의 생김새는 긴지로와 닮았으나 고등학생인 마사미의 눈에도 사람이 나빠 보이지는 않았다.

긴지로 옆에 앉아 있는 마른 남성이 참석자를 향해 아주 정중히 고개 숙여 인사를 했다. 분향을 끝낸 사람들이 세 줄로 늘어서 끊임없이 고개를 숙이는 터라 그는 얼굴을 들 여유가 없었다.

'저 사람이 아들인가.'

차례가 다가와 엄마의 재촉에 함께 제단 앞으로 갔다. 영정 사진마저도 쓸쓸해 보이는 표정이라니, 마사미는 더더욱 아내가 불쌍하게 느껴졌다. 어색하게 분향을 끝내고 유족에게 인사를 하다가 얼굴을 드는 긴지로 옆의 남성과 우연히 눈이 마주쳤다. 그의 얼굴은 죽은 아내 판박이였다.

긴지로의 회사 관계자들인지 쉴 새 없이 아저씨들이 밀려와서 분향을 끝낸 사람들은 컨베이어 시스템처럼 별실로 빨려 들어갔다. 거기에는 생선초밥이 죽 진열되어 있고 동네 사람들이 그것을 먹고 있었다.

"여기야, 여기."

엄마가 작은 소리로 손짓하며 부르는 쪽으로 얼른 뒤따랐다.

"조문객 대접이라고 하는 거야. 조문객과 도우미에게 술과 야식을 제공하는 관습이지. 저녁 전이니까 하나만 먹어 둬."

마사미는 긴장한 채로 딱히 좋아하지도 않는 오징어초밥을 입에 넣었다. 엄마가 새우와 참치와 김말이초밥을 잔뜩 먹는 모습을 마사미는 놓치지 않았다.

장례식장을 나와 집으로 들어가기 전에, 건네받은 종이봉투 속의 소금을 몸에 뿌리고 집 안에 들어왔다. 종이봉투

속에는 작은 팸플릿이 들어 있었는데 원하는 품목을 선택해 엽서를 보내면 며칠 뒤에 도착하는 시스템이었다.

"굉장하다, 천 점이나 실려 있어. 우와, 화장품 파우치랑 전자제품도 있어. 엄마, 어떤 게 좋을까?"

페이지를 넘기고 있는 마사미에게 저녁 준비를 하던 엄마가 나무랐다.

"조문 답례품이니까 그렇게 말하면 못써."

마사미는 비로소 장례식이라는 건 여러모로 피곤한 일임을 알게 되었다. 아무리 그렇다 해도 아내가 죽었는데도 의자에 앉아 거만하게 굴던 긴지로는 정말로 저질이라고, 그날 밤 숙제를 하는 내내 자꾸 그 모습이 떠올라 속에서 열불이 났다. 그리고 아내와 비슷한 분위기가 나는 아들의 모습을 보니 긴지로와는 역시나 성격이 안 맞겠다고, 남의 집 부자 관계에 대해 이런저런 생각을 하고 말았다.

그래도 엄마가 거만하게 굴던 남편일수록 아내가 죽으면 기운이 없어지기 마련이라 했기에 마사미는 그 아저씨도 조금은 마음을 고쳐먹지 않을까 생각했었다. 고함칠 상대가 없어졌으니 당연히 집에서는 큰 소리가 들리지 않게 되었다.

학년말 기말고사 기간 중에 마사미가 학교에서 돌아오는 길에 집 근처 역을 빠져나오는데 엄마가 납작한 쇼핑백을 손에 들고 서서 누군가와 이야기를 나누고 있었다. 상대는 빵빵한 쇼핑백을 들고 있는 사다코 씨였다.

"안녕하세요."

"어머, 안녕. 학교 끝나고 오는 길이니?"

사다코 씨는 마사미를 향해 싱긋 웃었다.

"이제 왔니? 이 아이, 시험 기간이에요."

"아, 그렇구나. 우리 애는 겨우 입시에서 해방된 터라 시험이라는 말을 들으니까 내 심장이 덜컥하네."

"아드님이 제1지망 대학에 추천으로 합격했대."

엄마는 마사미에게 마치 자신의 아들이 합격한 양 기쁜 듯이 말했다.

"축하드려요."

마사미는 꾸벅 고개를 숙였다.

"고마워. 지금 몇 학년?"

"4월부터 고2예요."

"고2가 제일 여유 부릴 수 있을 때지. 3학년이 되면 바로 진로 문제가 시작되거든."

"정말로요, 기저귀 차고 있던 게 엊그제 같은데."

사춘기 딸 앞에서 기저귀 이야기를 하다니, 라고 생각하면서 마사미는 인사했다.

"그럼 먼저 가보겠습니다."

걸어가기 시작한 마사미의 등을 향해 엄마가,

"테이블 위에 도라야키 있어."

라고 큰 소리로 외치는 게 어찌나 창피하던지, 바로 옆길로 들어가 집까지 잔달음질 쳤다.

자신의 방에서 내린 커피와 함께 도라야키를 먹으며 가장 의욕이 솟지 않는 수학 I 교재를 펼쳐 놓고 기호며 숫자를 가만히 쳐다보았다.

"엄마 왔어."

잠시 뒤 평소처럼 큰 소리를 내며 엄마가 돌아왔다.

"왔어?"

물론 마중은 안 나간다. 방문 밖에서 슬리퍼를 짤짤 끄는 소리가 들리더니 이내 노크하는 소리가 났다.

"케이크 사 왔어."

마사미가 문을 열기도 전에 멋대로 손에 쟁반을 들고서 성큼 들어온다.

"왜 문 열어 줄 때까지 못 기다려?"

"뭐 어때. 나쁜 짓하고 있었던 것도 아니잖니?"

"하고 안 하고의 문제가 아니야."

"이거 봐봐. 기간 한정으로 새로 나왔어. 왜 그, 얼마 전에 텔레비전에 나왔잖니."

지역 명물과자점의 인기 바나나 케이크를 소개하는 방송이었는데, 엄마는 그것을 대형 슈퍼마켓에서 발견하고서는 흥분하여 사 온 것이다.

"자, 먹자."

마사미의 방에서 함께 먹으려는 엄마를 내쫓고서 둘이서 식탁에 앉았다.

"머리를 사용하니까 단것이 먹고 싶지?"

"음, 뭐 그렇지."

마사미가 시험 중에 단것을 찾기에 엄마는 그 요구를 들어주는 것이라며 단것을 사는 좋은 구실을 만들었다.

"아까 역 앞에 서서 이야기했잖니. 그때 들었는데 긴지로 씨가 말이야."

엄마는 경칭을 생략하지 않는다.

"아내가 죽고 좀 얌전해졌나 싶었더니 은행이며 세탁소며 슈퍼에서 마구 고함을 지른다더라. 사다코 씨가 봤는데, 이런 입에도 안 맞는 맛없는 반찬을 만들어 팔다니 생각이 없는 거냐면서 매장에서 마구 호통을 쳐댔다나 봐."

"뭐어?"

"안 믿기지? 도대체 무슨 생각인 건지."

가게 측은 손님에게 항의를 받았으니 일단 사과한 다음, 담당자가 어디에 문제가 있었는지 앞으로 참고하겠으니 말씀해 달라며 어른스럽게 대응했는데, 긴지로는 쇼핑 바구니를 휘두르며 큰소리로 지껄인 모양이다.

"이런 맛 같지도 않은 것을 만들다니, 놀고 앉았네."

사다코 씨는 그의 눈에 띄면 또다시 귀찮아질 테니 과자 선반 뒤에 숨어 상황을 살폈다. 긴지로의 태도에 옆에 있던 아주머니와 할머니들이 화가 나서 그중 긴지로보다 나이 많은 할머니가,

"말도 안 되는 소리요. 얼마나 맛있다고요. 그러니 우리도 이렇게 사러 오잖소. 직원 양반 신경 쓰지 말아요. 이 사람, 모든 사람에게 뭐든 불평해 대니까."

하며 직원을 감쌌더니 얼굴이 시뻘게진 긴지로가 고래고래 고함을 질렀다.

"이 망할 망구가 시끄럽게."

하지만 그 말에 위축되기는커녕, 과연 담대한 할머니는 동요하지 않고 웃었다는 듯하다. 그 모습을 본 아줌마들이,

"맞아요, 맛있어요. 그쪽 혀가 이상한 거 아냐? 싫으면 안 사면 그만이지."

하고 몸을 꼬며 큰 소리를 내자 긴지로는 들고 있던 두부

와 전병이 든 쇼핑 바구니를 바닥에 내동댕이치고는 거친 발소리를 내며 가게를 나갔다고 한다.

"뭐야, 저 사람."

"큰소리만 내면 다 된다고 생각하다니 야만스러워."

아줌마와 할머니들은 서로 맞장구치며 극도로 긴장한 직원을 위로했다. 여기까지가 슈퍼 반찬 매장 사건의 전말이었다.

"심하네."

고등학생인 마사미도 기가 막혔다.

"그러게 말이야. 어째서 그런 태도를 보이는 건지, 당최 이해가 안 돼."

엄마는 우걱우걱 계속해서 바나나 케이크를 먹었다.

마사미가 대학교 3학년 때, 오후 아르바이트라서 오후 1시에 집을 나서는데 긴지로가 모퉁이를 돌아 걸어왔다. 전성기에 비하면 약간 시든 감은 있었으나 사람을 위압하는 듯한 태도나 걸음걸이는 변함없었다. 이곳은 막다른 골목이라 빠져나갈 길이 없으니 분명히 이 골목에 용무가 있어 왔을

터였다. 눈을 마주치지 않도록 스쳐 지나가려는데 마사미를
불러 세웠다.

"어이."

너무나 큰 소리에 지면에서 50센티미터 정도 날아오를
뻔했으나 꾹 참고서 도로 옆 담장에 등을 딱 붙인 채 대답했
다.

"네, 네."

"에헴, 여기 일대가 내 토지였어. 알고 있나? 그런데 부
동산에서 찾아와 팔아 달라고 하도 집요하게 굴어서 팔아
줬지. 그 토지 위에 자네 집이 세워진 거고. 알고 있나?"

그는 낮은 목소리로 말했다.

"네?"

"그러니까 내 덕택에 자네들은 이곳에 살 수 있었던 거
야. 무슨 말인지 알아듣겠어?"

그는 뻔질뻔질 밉살스러운 얼굴로 따지고 들었다. 마사
미는 너무 긴장한 나머지,

"헤에."

하고 얼빠진 대답을 하고 말았다. 그러자 긴지로는 화를 내며 소리쳤다.

"알고 있냐고 물어보잖아."

놀란 마사미가 가만히 서 있는데 웬 남성의 목소리가 났다.

"말 같지도 않은 소리 하고 있네!"

옆을 보니 마사미가 몸을 기대고 있던 담장 집의 곤다 씨가 나왔다.

"뭐, 뭐야?"

긴지로가 다시 고함쳤다.

"꼴사납군. 당신은 모두에게 피해를 주고 있어. 나이 먹고 부끄러운 줄 알아야지."

"뭐, 부끄러운 줄 알라고?"

곤다 씨는 손으로 물리치는 듯한 손짓을 하며 마사미에게 얼른 가라는 신호를 보냈다. 마사미는 꾸벅 인사하고 그 자리에서 멀어졌다. 걱정이 되어 뒤돌아보니 긴지로와 곤다 씨가 서로 노려보고 있었고, 야마카와 씨 집에서는 빗자루만 보였다. 아줌마는 남의 싸움 구경에 흥미진진해 하면서도 불똥이 튀는 게 싫어서 분명 몸을 숨긴 채 상황을 엿보고 있었을 거다. 마사미는 곤다 씨에게 감사해하며 역을 향해 달렸다. 아르바이트가 끝난 밤, 집에 돌아와 낮에 있었던 이야기를 했고, 그 일은 이미 야마카와 씨를 통해 엄마 귀에 들어와 있었다. 당연히 사다코 씨도 알고 있었는데, 그녀의 집 부지를 포함해 이 일대가 긴지로 일가의 소유가 아니어서 트집 잡히지 않아 다행이라며 가슴을 쓸어내렸다고 한다.

마사미가 직장을 다니게 되고부터는 긴지로와도 얼굴을 마주치지 않게 되었다. 소문에 의하면 일상의 장보기는 회사 직원에게 시키고, 요리는 택배를 이용했는데 그 업자가 빈번하게 바뀌는 것으로 보아 변함없이 트러블메이커이지 않을까 하는 것이 사다코 씨의 이야기였다. 긴지로는 고령자다. 아무리 그래도 조금은 온순해지지 않았을까 하는 기대와는 정반대로, 엄마 말로는 그 집 앞을 지나가는데 크게 틀어 놓은 텔레비전 방송 소리와 현관에서 큰 소리로 젊은 여성 택배 직원에게 호통 치는 소리가 들려왔다고 한다. 대체 무슨 말을 하는가 싶어 들어보니 직원 주제에 감히 현관으로 들어온다며 분개했다고 한다. 그 여성은 곤혹스러워하며 뒷문이 닫혀 있어 열리지 않았다고 설명하자,

"그아악."

하고 정체불명의 소리를 내더니,

"하는 수 없군, 그럼 들어와."

하며 불만스러워했다고 한다.

"못쓰겠네."

엄마는 고개를 좌우로 흔들었다. 마사미는 '미움받는 자가 세상에서는 우쭐댄다'는 말이 떠올랐다.

바로 얼마 전 일요일, 엄마는 식재료 사는 걸 깜박했다며 오전 중에 슈퍼마켓에 갔다. 30분 정도 지나 돌아오더니 어쩐지 기쁜 표정으로 말했다.

"긴지로 씨, 죽었다나 봐. 여든여덟이더라. 게시판에 붙어 있었어."

"어허, 말조심."

아버지는 타박을 주었지만, 마사미는 지금까지의 이런 저런 일을 생각하면 드디어 그날이 왔다는 생각이 들었다. 약삭빠른 야마카와 씨도 찾아와,

"죽었네."

하고 확인하며 동네 사람들이 얼마나 그를 미워했는지에 대한 이야기로 끝이 없었다.

마사미는 장례식에 가지 않았다. 그러나 엄마는 아무리 싫은 인간이라 해도 동네 사람이니 안 갈 수가 없다며 전보다도 더 힘겨워 보이는 문상용 원피스를 입고 갔다.

"아들이 상주더라. 조문객은 회사 관계자가 대부분이었고."

마사미는 긴지로의 장례식 이야기를 들으며 조문 답례품의 카탈로그를 보았다.

"천이백 점 실려 있대. 어떤 게 좋을까?"

"그렇게 말하면 못써."

"엄마도 죽었다고 얘기할 때 기쁜 표정 지었으면서."

"그야 죄도 없는 내 딸을 일방적으로 위협했잖아. 그런

사람에게 호의를 가질 리가 있겠니?"

엄마는 이번에는 자신이 주문하겠다며 마사미에게서 카탈로그를 뺏어갔다.

얼마 후 긴지로의 집은 허물어졌고, 그 넓은 부지에 저층 맨션이 세워졌다.

그곳에는 블록 담장 대신에 나무며 꽃이 자라고 있었다. 항상 구석구석까지 손질이 잘 되어 있어 마사미도 앞을 지나갈 때면 무심코 시선이 향했다. 맨션 제일 위층에 긴지로의 아들 일가가 이사를 왔는데, 정말로 좋은 사람이라 동네 반상회에도 잘 어울렸다. 위압적이었던 그 모퉁이는 마음이 녹아지는 풍경으로 변했다. 그리고 긴지로의 아내 긴코는 참을성 많은 사람의 대표인이라며 화제에 오른 적이 있는데, 긴지로의 이름을 입 밖에 내는 이웃은 없었다.

동네친구 오사무

동네 게시판 바로 옆은 오사무의 집이다. 그와 마사미가 동갑이기도 하고, 이웃이라 엄마들끼리 친했다. 오사무의 엄마는 이웃들 사이에서 미인에다 스타일 좋기로 평판이 나 있었는데 마사미가 초등학교 저학년 때 아버지는 텔레비전을 보다 유명한 여배우가 나올 때마다,

"저 사람보다 오사무 엄마가 훨씬 미인이지."

라며 가족에게 동의를 구하고는 했다. 마사미는 브라운관 속의 여배우 얼굴과 오사무 엄마의 얼굴을 떠올리며 대답했다.

"음, 비슷해."

그러면 아버지는 마치 자신의 아내라도 되는 양 자랑했다.

"오사무 엄마는 일반인이니까 여배우와 비슷한 정도면 대단한 거지."

그리고 그 후 반드시 한마디 덧붙였다.

"어째서 오사무 아버지 같은 네모지고 눈 작은 남자와 결혼했을까? 더 잘생긴 남자하고 결혼할 수 있었을 텐데."

그럴 때면 엄마가 아무 말 않고 조용히 밥 먹는 것에 전념하던 모습이 떠오른다.

확실히 그의 엄마는 다른 아줌마들과는 조금 다른 분위기의 사람이었다.

"그 사람, 물장사라도 했던 거 아닐까? 그런 느낌이 들어."

야마카와 씨가 그렇게 말해도 초등학생인 마사미는 '물장사'의 의미를 알 리가 없으니 '주스라도 팔았나, 엄마가 미인이라서 많이 팔렸겠구나' 하고 생각했었다.

오사무의 엄마는 참 상냥했다. 길에서 만나면 매번 말을 걸어 주셨다.

"마사미, 안녕. 언제든 집에 놀러오렴."

미인 엄마가 말을 걸면 마사미는 그저 멍해져서는,

"아, 네. 안녕히 가세요."

하며 꾸벅 고개를 숙이는 게 최선이었다. 여자아이 집이면 마음 편하게 놀러 갈 수 있겠지만 남자아이 집에, 더구나 같은 학년이긴 해도 다른 반이라 혼자서 선뜻 놀러 갈 마음이 들지 않았다. 아버지의 말대로 오사무는 아빠를 쏙 빼닮아 큰 사각 얼굴이었다. 어린 마사미의 눈에도 요만큼도 엄마를 안 닮았다. 마사미에게 그는 아무런 존재도 아니어서 집에 놀러 갈 이유가 없었다.

같은 동네에 살고 같은 학년이라 해도 반이 다르면 접점이 없다. 그런데 5학년이 되었을 때, 오사무와 같은 반이 되고 말았다.

'틀림없이 앞으로 귀찮은 일이 벌어질 거야.'

마사미의 머리에는 자신의 엄마와 오사무 엄마, 그리고

옆집 야마카와 씨의 얼굴이 떠올랐다. 그렇지 않아도 학교에서 누구누구가 서로 좋아한다더라, 그 아이는 짝사랑 중이라더라 등등 이성 이야기들이 오가기 시작했기에, 같은 동네에 산다는 이유로 이상한 소문이 나는 게 싫었다. 마사미는 최대한 오사무와 이야기하지 않으려 했고 상대도 흥미가 없는지 다가오지 않았다.

유일한 위안은 마사미가 전부터 멋있다고 생각하던 쇼하고도 같은 반이 되었다는 사실이었다. 오사무와 졸업까지 같은 반이지만, 쇼와도 2년간 같은 교실에서 공부할 수 있다. 쇼는 공부도 잘하고 운동도 만능이라 지역 축구클럽에도 소속되어 있다. 그대로 유명 연예기획사에 들어갈 법한 외모여서 그가 걸으면 여자 후배들이 뒤에 달라붙어 걸을 정도였다.

'쇼와 같은 반이 되다니, 나는 행운아야.'

오사무와 같은 반이 되었을 때 느낀 불운은 순식간에 날아가고 기쁨으로 가슴이 설렌다. 동급생이니 이야기할 기회도 많겠지. 짝꿍이 되기를 바랐으나 마지막 줄인 쇼의 옆

자리는 오사무가 차지했다. 게다가 자신은 교탁 정면의, 앞에서 두 번째 자리였다. 마사미는 우울했다. 신경 쓰이는 쇼 쪽을 보려고 하면 옆에 있는 큰 사각 얼굴이 꼭 눈에 들어온다. 깜짝 놀라 시선을 거두었다가 쇼를 보고 싶어 다시 슬쩍 쳐다보면 사각이 의아하다는 표정으로 마사미의 얼굴을 보고 있다.

'너 아니라고!'

마사미는 입에서 튀어나올 뻔한 말을 꿀꺽 삼키고서 앞을 쳐다봤다. 멋진 쇼를 보려고 할 때면 어김없이 그 옆에 사각이 있었다. 마사미는 포기하고 앞을 쳐다봤다. 그가 선생님의 지목을 받아 문제의 답을 말하고 있을 때, 마사미가 쇼의 모습을 보려고 돌아보면 교과서를 보고 있으면 좋으련만, 사각이 그 큰 얼굴을 들어 칠판을 보고 있다. 그리고 마사미와 눈이 마주치는, 그녀에게는 최악의 사태가 몇 번이나 일어났다. 쇼가 판서하고 있을 때가 마사미에게는 사각에게 방해받지 않고 그의 모습을 볼 수 있는 유일한 시간이었다.

'매시간, 쇼의 판서 시간이 있으면 좋겠다.'

하지만 안타깝게도 그런 생각을 하는 여자아이가 반에 절반이 넘었다.

서로에게 없는 것을 원하는 법인지, 쇼와 오사무가 친해진 것도 마사미에게는 좋은 민폐였다. 어쩌면 오사무의 집에 그가 놀러올지도 모른다는 기대를 했지만, 매번 그때를 놓쳐 만나지 못했다. 오사무네 엄마는 마사미와 자신의 아들이 같은 반이 되고 나서는 길에서 만나면,

"앞으로도 사이좋게 지내렴. 잘 부탁해."

하며 말을 걸어왔다.

"네."

마사미 딴에는 신경 써서 밝게 대답했으나,

'그건 힘들어요.'

하고 마음속에서는 단호하게 결론을 냈다.

마사미와 쇼의 관계에는 아무런 진전도 없이 하루하루가 흘러갔다. 6학년이 되어서도 쇼와 오사무는 사이가 좋아 쉬는 시간이면 언제나 둘이서 즐거워 보였다. 6학년이

되니 쇼의 미모는 더더욱 발전했고, 반대로 오사무는 묘하게 아재스러워졌다.

'하아, 쇼가 이웃이면 매일같이 놀러 갈 텐데.'

숙제를 하면서 그런 생각을 했다. 집이 가까워 오사무의 모습을 보게 되면 일부러 멀리 돌아가 안 마주치도록 했다. 딸의 마음도 모르고 그의 엄마와 사이좋게 서서 이야기를 나누고 있는 엄마가 정말로 무신경하다며 마사미 혼자 열불이 났다. 자신들의 이야기를 하는 게 싫었다.

그렇다고 "오사무 엄마와 그런 이야기 하지 마"라는 말도 못하고, 마사미는 괴로워하면서 전혀 진척이 없는 숙제와 씨름하고 있었다.

결국 마사미는 초등학교 졸업 때까지 오사무와는 거의 대화를 나누지 않았으나, 쇼와는 몇 번인가 이야기를 할 수 있어 얼마나 기뻤는지 모른다. 쇼와 어떤 추억이 생겼느냐고? 전혀 없다. 다만 수학여행 때 수십 명이 촬영한 스냅사진에 함께 찍힌 것이 행복이었다. 거기에 사각도 함께였다는 것이 유감이지만, 쇼와 같은 프레임에 들어 있다는 사실이 몇백 배나 좋아 책상 서랍 속에 고이 보관해 놓고서 몇 번이나 꺼내 보며 넋을 잃었다.

다행히 오사무는 사립중학교에, 마사미는 공립중학교에 진학해 더 이상 만나는 일은 없었지만, 유감이었던 것은 쇼도 학업과 운동을 모두 중요시하기로 유명한 남자중학교로 가고 말았다는 사실이다.

"이것으로 이별이네."

실연이란 이런 건가, 하고 마사미는 매일을 멍하니 보냈고, 같은 학년의 남자아이들을 볼 때면 모두 쇼의 발끝에도 못 미치는 아이들뿐이라며 한숨을 쉬어 댔다.

마사미의 속마음을 알 리 없는 엄마가 말했다.

"역 앞에서 오사무 엄마를 만났지 뭐니. 오사무는 편도로 한 시간이나 걸려 통학하고 있다네."

"어."

식탁 위에 놓여 있던 바움쿠헨에 이끌려 엄마 맞은편에 앉은 마사미가 대충 대답하자,

"오사무는 외동이라 고등학교 졸업 때까지 남자아이들

뿐이니까 조금은 여자아이와 접촉하는 게 좋을 것 같다고
그러더라."

"어."

"마사미, 네가 놀러 와 주면 좋겠다고 그러던데 한 번 가
보지 그러니?"

마사미의 목에서 '게'와 '구'가 하나가 된 듯한 소리가
나왔다.

"왜 그래? 목 막혔어?"

"아, 아무것도 아냐."

'초등학생 때도 안 가던 집을 중학생이 되어서 갈 리가
있겠냐고.'

마사미는 입을 우물거리며 잠자코 있었다.

"너도 외동이니 이성에 적응해 두는 게 좋지 않겠니?"

"이웃이라고 꼭 놀러 가야 해?"

"그건 아니지만, 동네 친구잖니?"

"관계없어. 그쪽에도 민폐야."

"그럴까? 적어도 그 엄마는 너를 마음에 들어 하는 것 같

던데.”

“나 공부해야 해.”

마사미는 어이없어하며 부모들은 정말로 이해할 수 없는 말을 한다고 생각하면서 바움쿠헨 세 조각을 접시에 옮겨 방으로 도망쳤다. 동갑내기 동네 친구는 성가셔! 그런 생각을 하며 산수에서 수학으로 바뀌어 머리가 더욱 혼란해질 듯한 교과서를 펼쳤다.

고등학교 입시를 앞둔 날, 학교를 마치고 돌아오는 길에 역 앞에서 교복 차림의 오사무를 봤다. 키가 엄청 컸고 몸도 딱 벌어져 있었다. 그리고 사각 얼굴도 더욱 네모지고 커졌고, 저렇게 나지 않아도 될 텐데 싶을 정도로 새까맣고 굵은 머리카락이 빽빽했다. 남자아이가 아니라 확실히 ‘남자’, 그것도 야생의 분위기가 났다. 마사미는 변함없이 그에게 흥미가 없었고,

‘입시 시험 없으니 편해서 좋겠네.’

라고만 생각했다. 진한 남자가 한가하게 걸어가고 있다고밖에 생각되지 않았다.

마사미는 무사히 지망하던 학교에 입학했다.

"해냈구나, 장하다."

부모가 천진난만하게 드러내 놓고 기뻐하는 모습이 의외라 그때 비로소 부모가 자신을 이렇게나 걱정했음을 알았다.

"부러워, 고등학생. 인생에서 가장 좋은 시기란다."

넋을 놓고 있는 엄마에게 마사미는,

"삼 년 후에 또 입시야."

라며 쌀쌀맞게 못을 박았다.

"그야 그렇지만. 내일이 대학 입시날인 것도 아니잖니. 그동안은 즐겨야지. 엄마가 고등학생일 때는 놀기만 했었어."

네, 그러셔요, 속으로 대답하면서 마사미는 방으로 들어가 새 교복과 교과서를 바라보았다.

다행히 오사무와는 고등학생이 되어서도 마주치지 않았다. 고등학교에 멋진 남자아이 없을까 하고 기대했으나 그 누구도 쇼의 발끝에 미치지 못했고, 그런 남자조차도 손 빠른 여자아이에게 찜 당해 이미 매진이었다. 마사미는 남자 친구가 없어도 아무렇지 않았고, 친한 동성 친구들과 노는 게 훨씬 즐거웠다. 멋진 남자아이와 사귀는 성격 나쁜 여자 아이의 험담을 하고, 헤어진 커플에 대한 소식을 들으면 모두 자연스레 얼굴에 웃음이 띠었다. 남녀 관계에 관한 소문이 매일 들려왔지만, 마사미도 친한 친구들도 그 소문의 주인공이 되는 일은 없었다.

어느 날 숙제를 하고 있는데 문을 닫고 있어도 들릴 만큼 큰 소리로,

"엄마 왔어."

하고 소리치며 엄마가 집에 왔다.

"마사미, 마사미."

아주 거친 발소리와 함께 자신을 부르는 소리가 가까워진다.

'아, 정말.'

진절머리를 치며 마사미는 불쾌함을 고스란히 드러낸 소리로 대답했다.

"왜."

"마사미, 마사미, 마사미."

엄마는 리듬을 타며 문을 노크했다. 딸이 열심히 공부하겠다는데 대체 무슨 생각인 건지, 하며 천천히 문을 열자 엄마는 뭔가를 쥐고 있는 오른손을 불쑥 앞으로 내밀었다.

"찹쌀떡 사왔지롱."

"웬 찹쌀떡?"

"차 내올게. 저기서 먹을 거지?"

엄마가 마사미의 등 너머로 방 안을 들여다보려는 것을 막으며,

"알았어, 알았다고. 저리로 갈게."

대답과 동시에 팔을 뒤로 돌려 문을 닫았다.

엄마는 작은 접시에 찹쌀떡을 담고 녹차를 내왔다. 콧방울을 부풀리는 모습을 보니 말하고 싶어 못 견디겠는 이야기가 있는 듯했다. 마사미는 조용히 의자에 앉았다.

"시식해 보니까 엄청 맛있더라."

엄마의 말대로 맛있는 찹쌀떡이었다. 조금 전까지 안 외

워지던 원소기호가 머릿속에 스며드는 듯한 기분이 든다. 그 기분을 엄마의 후루룩 차 마시는 소리가 파괴했다.

"있잖니. 오랜만에 오사무 엄마 만났어."

"어."

"오사무가 중학교부터 부속에 다녔잖니. 그러니 주변이 남자아이들뿐이라 여자 친구도 없다나 봐. 그래서 오사무 엄마가 '마사미 같은 여자 친구가 생기면 좋을 텐데' 라고 하더라고. 오호호호."

왜 나를 끌어들이는지. 더구나 오호호호는 또 뭐야, 하고 마사미는 입에 찹쌀떡을 넣은 채로 물끄러미 엄마의 얼굴을 쳐다봤다.

"분명 오사무와 사귀기를 바라는 거야. 어때? 오사무가 잘생기진 않았지만 나쁜 아이는 아냐."

"그런 남자아이는 널렸어. 왜 그 녀석이어야 하는데?"

"왜라니. 안심되잖니. 부모도 그렇고, 살고 있는 집도 어릴 때부터 잘 알고 있으니까."

엄마가 오사무 엄마의 말에 이상하게 마음 내켜 하는 것에 화가 치민다.

"엄마, 결혼 상대를 찾는 게 아냐. 부모라든가 살고 있는 집이라든가 관계없다고. 애초에 본인은 어떻게 생각하는지도 모르잖아."

"그래도 안심이 되잖니."

"그런 게 기준이 아니잖아. 애초에 나는 그럴 마음 없으니까. 누구와도 사귀고 싶은 마음 없다고."

마사미는 자신의 마음에 아주 조금 거짓말을 하며 단호히 엄마에게 내뱉었다.

"그러니? 뭐, 학생은 공부가 우선이지. 그래, 사귈 거면 더 멋진 아이가 좋지, 뭐. 오사무는 그런 점에서는 상당히 떨어지니까. 그런 네모지고 큰 얼굴은 요즘 애들 얼굴이 아니라 전쟁 전의 얼굴이지. 아하하하."

결국 엄마가 제일 잔혹하다. 엄마는 입 주변에 찹쌀떡 가루를 묻혀 가며 도로를 곧장 나가면 보이는 전신주 옆집의 할아버지가 오늘내일하는 것 같다느니, 길을 돌아 오른편에 있는 음침한 집에 결혼한 딸이 아이를 데리고 돌아왔다느니, 그 옆집 아줌마가 파마를 했는데 실패해서 맨날 모자를 쓰고 있다느니, 이웃 사람들의 소문을 쉴 새 없이 늘어놓았다.

"알았어요, 알았어. 나 공부해야 돼."

마사미는 기세 좋게 의자에서 일어나 방으로 돌아갔다.

"그래, 수고하렴."

엄마는 그제야 겨우 놓아주었다.

정말이지 부모란 어째서 멋대로 이것저것 아무 쓸모도 없는 생각을 하는 걸까, 마사미는 또다시 화가 치밀었다. 오사무네 엄마의 얼굴이 그대로 남자아이가 되었다면 흔들렸을 텐데, 안타깝기 그지없었다.

마사미는 학교의 남자아이들과 그런대로 친하게 지냈지만, 모두 단순한 친구들이었고 남자 친구가 될 만한 아이는 없었다. 다 함께 놀러 다니는, 이런 허물없는 관계가 제일 좋았다. 여자아이에게 신경을 써 주는 착한 아이들뿐이었다. 마사미는 외동이라서 남자가 뭔지 잘 모른다. 초, 중학교에서는 남자라는 생물의 대부분은 그저 그악그악 와아

와아 시끄러울 뿐이라 아무리 시간이 흘러도 마냥 꼬맹이로밖에 안 보였는데, 고등학생이 되자 남자도 여자에 대한 의식이 생기는 모양인지 챙겨주거나 무거운 물건을 들어주는 등 친절하게 대해준다. 그 이야기를 동급생 동성 친구들에게 하니,

"그 녀석들은 여자에게 미움받는 것이 가장 큰 손해니까 모두 필사적인 거야."

라며 킥킥거렸다.

"아, 그런 거야?"

남자는 여러모로 힘들구나, 하면서 마사미는 여자에 비해 저자세인 그들의 모습을 바라보았다.

같은 반 남자아이들의 얼굴을 보니 쇼와 같은 타입도 없거니와 오사무의 큰 사각 얼굴도 없었다. 부모의 얼굴이 유감이면 몰라도 오사무네 엄마는 그렇게 미인이다. 50퍼센트의 확률로 엄마를 닮은 미남으로 태어날 가능성도 있었을 텐데 100퍼센트 아빠의 피를 이어받고 말았다.

수업 참관이나 운동회에 온 쇼의 부모를 떠올리자, 딱히

미남미녀는 아니었기에 그의 경우는 부모의 좋은 부분만 전해진 모양이었다. 그에 비해 미인 엄마의 DNA는 완전히 무시되고 아빠의 얼굴이 고스란히 전해진 오사무. 마사미는 자신의 얼굴은 윤곽은 엄마, 부속품은 아버지를 닮았다고 생각했다. 그런데 어째서 오사무는 100퍼센트 아버지를 닮은 걸까. 미는 우선적으로 유전되지 않는 건가, 하고 생물 수업의 연구 주제가 될 만한 문제가 떠올랐다.

"뭐, 나와는 관계없는 일이지만."

그렇게 내뱉은 마사미는 아무리 해도 완벽히 외워지지 않는 원소기호와 화학 공식에 골머리를 썩이고 있었다.

어려워하는 이과 과목에 고통스러워하며 고교생활을 보내는 사이 대학 입시가 다가왔다. 수험생을 두고 있는 엄마는 또래 자녀를 둔 엄마들과 정보를 교환하며,

"마사미는 아직 현역이라 괜찮지만, 왜 그 큰 은행나무가 있는 사카모토네 아들은 재수생이라서 정말 힘들대요. 얼마 전에 만났는데 낯빛도 안 좋고 어딜 보고 있는지 모르겠는 눈을 하고 있는 게 아무래도 올해도 안 되겠더라고요."

멋대로 합격 여부를 결정짓고 있었다.

"엄마, 그런 말 하는 거 아냐."

"사실이 그렇잖니, 그렇게 음기가 세면 운도 도망가는 거야."

그럴지도 모른다며 마사미는 묘하게 납득했다. 중학교 때 같은 학년 중에 톱 클래스에 있던 아이들이 유명 사립고 등학교에 합격할 거라고 모두가 생각했는데 떨어졌다. 반대로 의외의 아이가 괜찮은 학교에 합격하기도 했다. 경제적으로 여유 있는 집이었다면 어쩌면 뒤로 손을 썼을지도 모른다느니 하는, 분별없는 소문이 났을 가능성도 있었겠지만, 그 아이의 집은 평범한 샐러리맨 가정에 형제가 다섯이나 있어서 그만한 여유는 없을 거라며 주위에서도 인정했다. 당사자의 말로는 전날에 다시 봤던 문제가 전부 나왔다며 기뻐해서 마사미는 친구들과,

"운이 좋은 사람이 있지."

하며 끄덕였다. 시험에 떨어진 남자아이가 그 말을 듣고는,

"나도, 다시 봤던 부분을 빼고 전부 나왔어."

하며 한탄하는 바람에 모두 울다 웃는 표정이 된 기억이 있다.

"뭐, 시험이란 건 긴 인생에서 보면 작은 일에 불과하니 실패해도 괜찮아. 하지만 갖고 있는 운을 놓치는 것은 좋지 않아. 음울한 사람에게 좋은 운이 찾아오는 법은 없어."

엄마는 확실히 음기는 있는데 운이 좋은지 나쁜지, 마사미는 판단이 서지 않았다. 다만 먹고 싶은 건 먹고, 아하하 잘 웃으며, 기운이 넘칠 정도로 활기차게 생활하는 모습을 보면 운이 좋다고 할지, 행복하다고 말할 수는 있었다.

"내 행복은 뭘까."

고등학생인 마사미는 앞으로 자신은 어떻게 될까, 고민이 되었다.

마사미는 운이 좋았는지 지망하던 대학에 합격했다. 고등학교 때와 마찬가지로 부모는 크게 기뻐했다. 그리고 딱히 알고 싶지도 않건만, 오사무가 명문 국립대학에 합격했다는 사실도 알려주었다. 매년 텔레비전 뉴스에서 합격 발

표 풍경이 방송되므로 엄마는,

"오사무는 안 찍혔으려나. 그 얼굴이니 멀리서 봐도 눈에 띌 텐데."

하면서 리모컨을 조작하며 뉴스 영상을 좇고 있었다. 아버지까지 가세했는데 때마침 오사무와 그의 아빠가 걷고 있는 모습을 발견하고서는 한마디 했다.

"둘이 쌍둥이 같네."

중년의 아빠와 쌍둥이로 착각할 만한 열여덟이라…….
대체 어떻게 저럴 수가 있지, 마사미는 고개를 갸웃거렸다. 벌써 몇 년이나 오사무를 보지 않았는데도 마사미의 머릿속에는 뻣뻣한 머리카락과 큰 사각 얼굴에 수염도 짙은 남성의 얼굴이 떠올랐다.

"엄마를 닮았으면 좋았으련만. 부모들도 좋은 사람이고 머리도 좋으니. 얼굴만 좀 어떻게 되면 여자들에게 인기 만점일 텐데…….."

엄마가 한숨을 쉬었다.

"쉽지 않을걸."

아버지는 그런 남자가 있겠냐고 말하고 싶어 하는 말투였다.

"얼굴은 부모의 책임이야. 아이는 선택할 수 없으니까."

자신의 얼굴에 불만이 있었던 마사미는 이때다 싶어 부모에게 불평했다.

"어머, 얘 봐라, 너는 미인은 아니지만 귀염상이야. 그렇지, 여보?"

"음— 뭐, 그렇지."

"나는 귀여운 거보다 미인이 좋단 말이야. 코도 더 높은 게 좋다고."

마사미는 또 이때다 싶어 불평했다.

"그야 어쩔 수 없지. 네 엄마 코가 납작하니."

아버지는 신문을 읽으며 별생각 없이 말했다.

"뭐, 내 탓이라고요? 당신이야말로 높은 편은 아니야. 부모가 둘 다 낮으니 아이 콧대가 높을 리가 없지. 우리 분명히 하자고요."

반론할 수 없는 결론을 듣자 마사미는 입을 다물었다. 하지만 역 건너편에 있는 고급 초밥집에서 대학 입학을 축하해 준 부모에게 얼굴에 대한 불만을 계속 할 수는 없었다.

대학에 입학한 마사미는 공부와 아르바이트를 하며 매일을 보냈다. 그리고 변함없이 엄마와 그의 엄마는 동네에서 마주쳤다.

"오사무 엄마가 '마사미는 애인 있어요? 우리 아들은 전혀, 여자와는 인연이 없네. 우리 아이는 안 되는 건가' 라고 하더라."

"엄마, 내 얘기 이것저것 다 떠벌리고 다니는 거 아냐?"

"애, 아무 말도 안했어. 오사무 엄마한테 들은 말을 너한테 그대로 전달만 하는 거야."

엄마는 콧노래를 부르며 사라졌다. 어째서 그의 엄마가 이렇게나 자신을 마음에 들어 하는지 이유는 몰랐으나 그렇다고 해도 그와 친해지는 일은 일말의 가능성도 없는 이야기였다.

취직을 하자 그의 엄마로부터 "우리 아들은 안 되겠니?"의 어필이 더더욱 강해졌다. 그는 대학원에 진학해 연구를 하고 있다고 했다.

"이야, 멋지네, 연구자라니. 마사미도 진심으로 생각해 보지 그러니?"

엄마는 그렇게 권했지만, 마사미에게는 변함없이 있을 수 없는 이야기였다.

그보다도 쇼에 관한 생각이 간절했다. 출중한 외모이니 분명 애인이 있을 거야. 그래도 지금의 모습을 보고 싶다. 어떻게 지내고 있을지 궁금하던 차에 초등학교 5, 6학년 동창회를 한다는 연락이 왔다. 오사무는 아무래도 상관없지만, 쇼는 만나고 싶다. 동창회에서 사랑이 시작되는 이야기, 흔히 있지 않은가. 라이벌은 많겠지만 어쩌면 그의 취향이 나 같은 타입으로 변했을지도 모르고, 설령 그렇지 않더라도 멀리서 보는 것만으로도 좋다며 새 옷을 사고서 동창회 날을 손꼽아 기다렸다.

모임 장소인 중화요리점에는 동창생 대부분이 모여 있었다. 식사하는 방의 앞방에 마련된 웨이팅 공간에 들어가자 반가운 얼굴이 많아, 마사미는 추억이야기를 나누며 즐기고 있었다. 오사무도 있었는데 마사미가 상상했던 모습 그대로 뻣뻣한 머리카락에 큰 사각의 수염 짙은 얼굴이라 깜짝 놀랐다. 자신도 모르는 사이에 현재 그의 모습이 머릿속에 잠재되어 있었다는 사실이 조금 짜증났다. 그는 음료 잔을 손에 들고 엷은 미소를 지으며 주변 사람의 이야기를 듣고 있었다.

'이럴 때가 아니지. 쇼를 찾아야 돼.'

마사미는 익숙지 않은 하이힐을 신은 채 발끝을 세우고서 주변을 둘러보았다. 하지만 그 멋진 쇼가 눈에 띄지 않는다.

'이상하네. 안 왔을 리가 없을 텐데. 급한 일이라도 생겼나.'

살짝 실망하며 방 구석구석 열심히 살피는데 수묵화 장식 앞에 다섯 명 정도가 무리지어 모여 있었다. 남녀 포함해서 기억에 있는 얼굴이 네 명 있었다.

'어라?'

생김새는 분명 쇼였다. 하지만 헤딩을 너무 했는지 전두

부의 머리카락이 닳아 없어진 것처럼 숱이 없었다. 볼이 굉장한 속도로 위쪽 머리카락을 쳐내며 나뒹군 듯한 흔적처럼도 보였다.

'거짓말······.'

마사미는 눈을 꽉 감았다가 천천히 뜨고서 다시 한번 그를 봤다. 역시 전두부에 머리카락이 없었다.

'말도 안 돼.'

너무 이르잖아. 저 얼굴이 아깝다······. 마사미의 몸속에서 빠직하는 소리가 들리며 쇼에 대한 동경이 툭 하고 끊기는 것을 느꼈다. 변함없이 밝은 그의 모습이 더욱 슬펐다. 쇼, 영원히 안녕. 그렇게 조용히 중얼거렸다.

마사미는 말을 걸어오는 남자에게는 대답했지만, 자신이 먼저 말을 걸지 않고 여자들하고만 이야기를 나눴다. 오사무와도 전혀 이야기하지 않았다. 엄마는 집에 돌아온 마사미에게 오사무와 오랜만에 대화를 좀 나눴는지, 집에 올 때 바래다줬는지 꼬치꼬치 캐물었지만, 아무것도 없음을 알고는 조금 실망한 눈치였다.

그리고 2년 전, 오사무가 결혼했다는 소식을 들었다. 상대는 두 살 연상으로 고등학생 자녀가 한 명 있는, 같은 연구소에 근무하는 여성이라고 한다. 엄마 말에 의하면 그의 엄마는 결혼한다는 기쁨과 당혹감으로 복잡한 표정이었다고 했다.

일요일, 마사미는 근처 편의점에 우유를 사려고 평상복 차림으로 집을 나서다가 오사무 일가와 그의 부모가 차에 올라타는 모습을 봤다. 그는 반듯하게 정장을 차려입고 넥타이를 매고서, 가족이 다 함께 외출하는 모양이었다. 웃고 있는 오사무의 얼굴은 초등학생 때도 본 기억은 있는데 큰 사각이 저렇게 기쁜 표정으로 웃는 모습은 처음으로 보았다. 마사미는 상대가 알아차리지 못할 정도로 가볍게 인사하고서 지나가며 중얼거렸다.

"오사무, 잘됐네."

아내인 듯한 여성은 마사미와는 정반대로 시원시원하니 또렷하고 큰 눈매에 코가 높고 진한 생김새였고, 분위기는 그의 엄마를 닮아 있었다. 역시 주변에서 이러쿵저러쿵 해도 결국 사람은 다 자기 자리가 있는 법이다. 그리고 그렇게 싫어했던 그가 먼저 선수 친 현실에 직면하며 마사미는 쓴웃음과 동시에 앞으로는 '우리 아들 어때?'의 어필에서 벗어날 수 있게 되었다며 한숨 돌렸다.

새하얀 센다 씨

동네 반상회를 계기로, 마사미의 기억 속에 한결같은 모습의 집이 있다. 넓은 부지임에도 기와지붕의 작은 목조 단층집이 외따로 있고, 주변은 산울타리에 마당에는 나무가 많이 자라고 있다. 그렇다고 손질이 구석구석 잘 되어 있는 것도 아니어서 숲 속에 작은 집이 있는 듯했다.

옛날이야기에나 나올 법한 그런 집에 대체 어떤 사람이 살고 있을까. 유치원에 다니던 때, 그게 궁금해 견딜 수가 없어서 때마침 근처에 볼일이 있던 엄마를 따라나서며 물었다.

"여기, 누구 집이야?"

"아, 이 집은 센다 씨 집이야. 아줌마 혼자 살고 있어."

"아줌마 혼자? 아이는 없어? 아줌마 아빠랑 엄마도?"

"응, 계속 없었어."

"외롭지 않을까?"

"글쎄, 어떨까."

엄마는 아주 담담했다. 혼자 살고 있으니 별수 없을 거라는 의미 같기도 했다.

센다 씨는 엄마가 결혼하고 이 동네로 왔을 때부터 살고 있었다고 했다. 자신들보다도 열두 살 정도 많고, 당시에는 잡종 노견 두 마리가 마당에 묶여 있었는데 이삼 년 사이에 두 마리 모두 죽었다고 한다. 반상회 모임이나 관혼상제에도 일절 참여하지 않아서 센다 씨가 어떤 사람인지 엄마는 자세히 알지 못했다. 엄마가 동네 소식통인 야마카와 씨에게 들은 정보에 의하면 센다 씨는 지역 농가의 외동딸로 부모가 농업을 그만둔 뒤에는 농지를 맨션용으로 팔고 그와 병행하여 여러 채의 부동산을 소유하여 임대업을 했다. 부모는 다른 토지에 멋진 집을 지어 이사했고, 센다 씨는 부모가 토지를 전매하기 위해 구입한 지금의 집으로 이사를 왔다는 듯하다. 어린 마사미에게는 일도 안 하고 옛날이야기에 나올 것 같은 집에 사는, 아직 본 적 없는 센다 씨가 동네에서 가장 신기하고 흥미로운 사람이었다.

초등학교 2학년 때 수업을 마치고 돌아오는 길에 센다 씨의 집 앞을 지나가는데 그곳에 여인이 있었다. 전통인형 같은 단발머리에 키가 아주 크고 마른 사람이었다. 하얀 블라우스 위에 핑크 바탕에 빨간 꽃무늬의 카디건과 무릎 아래로 내려오는 검정 플레어스커트를 입고 하얀 양말에 갈색 샌들을 신었다. 그런 모습으로 산울타리에 있는 달팽이를 집어 손바닥에 올리고서는 가만히 들여다보고 있었다. 마사미는 평소에는 모르는 사람에게 그러지 않는데, 그 모습을 보자마자 직감적으로 센다 씨임을 알고는 흥분해서 말을 걸고 말았다.

"안녕하세요."

그 순간 스스로도 아차 싶었다. 그러자 센다 씨는 손바닥

의 달팽이를 잎사귀 위로 되돌려 놓더니,

"안녕. 집에 가는 길이니?"

라고 물으며 마사미의 얼굴을 봤다. 센다 씨는 화장이 굉장히 짙었다. 얼굴이 새하얗게 칠해져 있고, 아이라인은 시커멓고, 볼과 입술은 새빨갛게 칠해져 있었다. 마사미는 섬뜩해서 아무 말도 못한 채 올려다보며 작게 끄덕이자 센다 씨가 만면의 미소를 띠며 말했다.

"잠시, 기다려 보렴."

그러고는 현관 미닫이를 열어 집 안으로 들어갔다. 시키는 대로 마사미가 그 자리에서 기다리고 있는데 잠시 뒤 센다 씨가 나와,

"자, 간식. 공부 열심히 하렴."

하며 얇은 봉투에 싸인 것을 주었다.

"고맙습니다."

"귀엽구나. 착한 아이네."

마사미가 감사의 인사를 하자 센다 씨는 가면 같은 얼굴이 쭈글쭈글 주름지도록 웃으며 머리를 쓰다듬어 주었다.

마사미는 기쁘다기보다 약간 무서워서,

"안녕히 계세요."

라고 인사하고는 집으로 달려와 엄마에게 봉투꾸러미를
내밀며 말했다.

"센다 씨가 줬어."

"어머, 왜? 뭐 때문에?"

센다 씨와 아무런 관계도 없는 엄마는 깜짝 놀랐다. 마사
미가 따져 묻는 엄마에게 자신이 먼저 말을 걸었다고 하자
감탄했다.

"어머나, 적극적이네."

마사미도 자신이 어떻게 그런 행동을 했는지 영문도 모
른 채 붉게 달아오른 얼굴로 엄마 앞에 꼿꼿하게 서 있었
다.

"괜한 실례를 했구나. 뭘 주셨나 보자. 어머, 엥?"

엄마가 봉투꾸러미의 냄새를 맡으며 안을 들여다봤다.

안에는 설탕으로 모양을 낸 과자가 들어 있었다. 부채,
국화꽃, 거북이, 토끼, 하고이타(羽子板, 나무 라켓으로, 전통의상

을 입은 여성의 모습을 그린 것이 일반적이다—옮긴이) 등이 들어 있었
다.

"음."

엄마는 얼굴을 찡그렸다.

"왜 그래, 엄마?"

마사미도 냄새를 맡아보니 말로 표현할 수 없는 냄새가
났다.

"네 외할머니 냄새와 똑같네. 할머니도 선물을 받으면
서랍 속에 계속 넣어 뒀어. 서랍에는 방충제인 좀약이 들어
있어서 그 냄새가 배거든."

엄마가 테이블 위에 봉투꾸러미를 놓았다. 마사미도 이
냄새와 함께 과자를 먹을 기분은 들지 않다. 엄마는 흥미
진진해 하며 묻기 시작했다.

"센다 씨, 어떤 사람이었어?"

"왜?"

"궁금하잖니. 말해 봐, 어떤 느낌의 사람이야? 아줌마였
지?"

"음."

"에이, 그러지 말고 말해 주라."

"그러니까, 센다 씨는……."

"그래, 말해 봐."

"가면 같은 얼굴을 하고 있었어."

"가면? 어머나, 아직도 화장을 짙게 하나 보네. 젊을 때부터 그러던 습관이 안 고쳐지는 건가. 어쩌면 다른 낙이 없을지도 모르겠네."

결국 센다 씨에게 받은 냄새 밴 과자는 엄마도 마사미도 손을 대지 않고 테이블에 놓아두었고, 술에 취해 돌아온 아버지가 먹어 치웠다.

다음 날 아침 엄마가 가슴을 쓸어내리며 말했다.

"아깝게 안 버려도 돼서 다행이네."

그러나 그 후 엄마가 센다 씨에게 감사의 인사를 하러 갈 기미는 보이지 않았다.

마사미가 6학년이 되었을 때 넓은 부지 내의 센다 씨 집으로부터 가장 먼 귀퉁이에서 건축 공사가 시작되었다. 엄마와 야마카와 씨는 지금 집이 창고처럼 작으니 역시나 집을 다시 세우는 게 아닐까 하고 이야기를 나눴다.

"센다 씨, 가깝게 지내는 사람이 없대. 의심이 너무 많아서 자신 이외의 인간과 친하게 지내면 속아서 재산을 전부 뺏길 거라고 생각하는 모양이야. 아무리 나오라고 해도 반상회 모임에는 참여도 안 하지, 반상회비도 회장에게 십만 엔을 건네고서는 거기서 매년 제하라고 했대. 회람판도 센다 씨 집은 건너뛰고 있어. 그 정도로 타인을 의심한다는 건 재산이 상당하다는 증거지. 그곳 토지만 해도 엄청나다고."

야마카와 씨는 센다 씨라는 사람보다도 그녀의 재산에 흥미가 있는 듯했으나 마당에 세워진 건물은 위아래 두 세대씩으로 구성된, 깜짝 놀랄 정도로 작은 모르타르 아파트였다.

아파트 주민에게도 흥미를 가진 마사미는 역 앞에 심부름을 나왔다가 돌아가는 길에 일부러 센다 씨의 집 앞으로 돌아가며 산울타리로 슬쩍 아파트를 엿보았다. 네 군데의

빨래건조장에는 티셔츠, 청바지, 조금 더러운 양말 등 남자 의류만 널려 있었다. 방 안에서는 제각기 마쓰다 세이코, 나카모리 아키나, 마이클 잭슨의 곡들이 크게 들려 왔는데, 그것들이 합체하여 잡음이 되어 있었다.

얼마 뒤 아파트 출입구에 큼직큼직한 글씨로 적은 얇은 나무판이 흰 비닐 끈에 매달려 있었다.

'음악이 시끄러워서 피해를 줍니다! 이웃에 대한 민폐도 생각하시오!'

그 이후로는 소리가 아주 조금 줄었지만, 앞을 지나갈 때면 변함없이 가요, 팝의 히트곡이 흘러나왔다.

또 어떤 때에는 1층 건조장에서 오빠 세 명이 모여 기타를 튕기고 있었다. 긴 머리에 수염이 난 게 아무리 봐도 뮤지션 같은 외모였으나 연주도 노래도 정말 구렸다. 마사미는 아파트 앞을 지나가면서 '저런 구린 노래와 연주를 부끄러움도 없이 잘도 들려주는구나' 하고 생각하며 어린 마음에 기가 막혔다.

고등학생이 된 마사미는 센다 씨에게도 아파트에 대해

서도 흥미가 옅어졌다. 그래도 마사미의 일상에는 아무런 지장이 없었다. 어느 날 밤, 12시가 가까워져 슬슬 자려고 침대로 들어가는데 경찰차 사이렌 소리가 들려와 동네가 시끄러워졌다. 이미 목욕을 끝내고 잠옷으로 갈아입은 터라 '어쩌지, 옷을 갈아입고 나가야 하나 말아야 하나' 하고 현관 옆에서 우왕좌왕하고 있던 마사미는,

"한밤중에 생긴 일에 여자아이가 관심 가지는 거 아니다. 얼른 자."

하고 엄마에게 혼이 나 그날 밤에는 얌전히 그 말에 따랐다.

다음 날 아침, 이미 야마카와 씨에게 정보를 얻은 엄마는 두부미역된장국을 그릇에 담으며 식탁에 앉아 있던 아버지와 마사미에게 보고했다.

"센다 씨 아파트에 사는 학생들이 술에 취해 큰 소란을 피웠대. 처음에는 알몸으로 부지 안을 마구 뛰어다녔는데 그러다가 골목으로 나와서 큰 소리로 노래 부르고 춤추고 기타를 쳤다나 봐. 그래서 건너편 집에 사는 아저씨가 경찰

을 부른 모양이야. 그 아파트, 남학생 전용이었다네."

마사미는 초등학생 때 봤던, 아파트 출입구에 매달려 있던 나무판을 떠올렸다. 마사미는 된장국을 먹으며 엄마 이야기를 듣고 있었는데, 아버지는 신문 읽기에 빠져 엄마 이야기에는 무관심이었다.

"소란이 일어도 센다 씨가 나오지 않아서 경찰이 집으로 찾아갔는데 문을 안 열어 주더래. 그렇게 소란을 피우는데도 어째서 안 나오나 싶어 이웃들이 다가가 보니까 고작 5센티미터 정도 문이 열렸는데, 센다 씨가 핑크 네글리제를 입고 아주 짙게 화장을 하고 있어서 모인 사람들이 모두 깜짝 놀랐다나 봐. 센다 씨는 자신은 모른다, 관계없다는 소리만 반복했대."

"뭐? 그 시간에 화장을?"

재차 마사미의 머릿속에 과자를 주었을 때의 새하얀 얼굴이 떠올랐다. 분명 센다 씨는 예순 살 정도 되었을 테고, 더구나 혼자 사는데 어째서 밤늦은 시간에 화장을 하고 있는 걸까.

"귀신같다고 말한 사람도 있었나 봐."

엄마가 그렇게 말한 순간 여태 신문을 읽고 있던 아버지가 얼굴을 들며 끼어들었다.

"그건, 야마카와 씨가 지어낸 말이겠지."

"아무리 그래도 귀신처럼 허옇다니……."

"근데 정말로 그랬어. 요즘에는 모르겠지만, 내가 초등학생 때 만났을 때는 새하얀 얼굴이었어. 눈 주위는 시커멓고 볼이랑 입술은 시뻘겋고."

"어이쿠야."

마사미의 말에 아버지는 놀랐으나 그 대화를 듣고 있던 엄마가 과자 이야기를 떠올린 듯 웃으며 말했다.

"그러고 보니 맞다, 그때 받은 과자 냄새 고약했었는데. 그걸 당신이 먹었지. 아하하하."

마사미는 부모의 대화에 동참하고픈 마음이 없어 "잘 먹었습니다." 하고는 등교 준비를 시작했다.

대학생 때, 아르바이트하러 가기 위해 역까지 서두르고 있는데 센다 씨가 역 쪽에서 이쪽을 향해 걸어왔다. 얼굴이 새하얘서 누구보다 눈에 띈다. 시커먼 아이라인도 시뻘건 볼과 입술도 변함이 없었다. 등이 살짝 굽어 할머니 같은 분위기가 났지만, 여전히 하얀 블라우스에 빨간 카디건과 검은 스커트, 하얀 양말에 샌들을 신고 있었다. 머리카락은 염색했는지 나이에 안 어울릴 정도로 새까맣고 단발머리도 그대로였다. 그녀가 살고 있는 집과 마찬가지로 노후화된 것 말고는 전과 똑같았다. 분명 말을 걸어도 그녀는 내게 과자를 주었던 사실을 잊었겠지. 마사미는 그대로 모르는 사람처럼 그녀를 지나쳤다.

센다 씨와 말은 주고받지 않았지만 어떻게 지내는지 궁금해져 오랜만에 그 집 앞으로 지나가 봤더니, 그녀의 집은 숲 속의 외딴집과 같은 모습에 더욱 가속도가 붙어 있었다. 무슨 풀인지 모르겠으나 집 전체가 덩굴 같은 것으로 뒤덮여 창고가 되어 있었다. 마당에 지어진 작은 모르타르 아파트도 외벽에 금이 가 있었다. 한때는 히트곡이 크게 들려왔었는데 지금은 모든 창에 커튼이 처져 있고 고요했다. 마당도 변함없이 손질이 안 되어 붉은 비닐 같은 줄기의 잡초가 무성했다. 옆을 돌아보니 거치대식 빨래건조대가 온통 녹슬어 있었고, 거기에는 가장자리가 터진 수건이며 패턴 무늬 커버 방석, 낙낙한 크기의 내의 따위가 구석에 널려 있었다.

집으로 돌아온 마사미는 센다 씨가 집에서 어떻게 생활할지를 상상해 보았다. 외동에 부모와 함께 살지 않고 게다가 자산가인데도 살고 있는 곳은 그, 썩어가는 작은 목조 집이다. 야마카와 씨는 토지의 가격을 계산해 댔으나 매매하지 않으면 그냥 땅바닥이다. 목조 집 가까이에 남학생 전용 아파트가 있고 젊은 남성 네 명이 산다면 방범이라도 될 텐데, 자신이 사는 곳에서 가장 먼 장소에 아파트를 세웠다는 것이 센다 씨의 미묘한 심리 상태를 나타내고 있었다.

센다 씨는 사회적인 연결 고리가 하나도 없다. 엄마도 말했지만 그 새하얀 화장도, 달리 할 게 없어서 자신의 얼굴에 열심히 그리다 보니 어느새 저렇게 되고 만 것일지도 모른다. 친구라도 있으면,

"너, 그거 피부색하고 안 어울려. 그리고 화장이 너무

진해."

하고 조언해 줬을 테지만, 그런 사람이 없어서 새하얗게 동동 뜬 얼굴을 예쁘다고 착각하고 있는지도 모른다. 또 다른 이유로는, 교토의 마이코(舞妓, 연회석에서 춤을 추는 어린 게이샤-옮긴이)가 옛날 양초 불빛에도 얼굴을 잘 알아볼 수 있도록 그와 같이 새하얗게 칠했다는 이야기를 들은 적이 있다. 센다 씨는 기와지붕의 덩굴이 휘감긴 집 안에서 양초로 생활하고 있는지도 모른다. 지붕에 텔레비전 안테나가 설치되어 있으니 텔레비전이 있으면 시간을 때우겠지만, 일도 안 하고 정원 가꾸는 취미도 없고 이웃들과의 교류도 없다면 대체 무엇을 하며 지내고 있을지 궁금해서 견딜 수 없었다. 소식통인 야마카와 씨도 그 집에 사람이 드나드는 모습은 확인하지 못했다니 센다 씨는 집과 함께 그저 조용히 매일 썩어 가고 있는 듯이 느껴졌다.

엄마는 집 주변이 활동 거점이면서도 센다 씨를 본 적이 없었다. 하지만 마사미는 그녀와 어떤 인연이 있는 건지 대학 3학년이 되자마자 센다 씨와 징글징글하게 마주쳤다.

물론 그녀의 집 주위를 서성거린 것은 아니고, 우연히 그녀가 역 앞에 있을 때 맞닥뜨렸다.

센다 씨는 만날 때마다 등을 동그랗게 말고 있었으나 다리와 허리는 괜찮은 듯 샌들을 신고서도 걷는 속도는 빨랐다. 항상 고개를 숙여 앞으로 고꾸라지듯 걷는다. 그리고 변함없이 머리카락은 새까만 단발머리, 얼굴은 새하얗다. 그는 확실히 헤이세이(平成. 일본의 시대를 구분하는 연호로 1989년 1월 8일부터 2019년 4월 30일까지—옮긴이)의 풍경과는 동떨어진, 쇼와(昭和. 1926년부터 1989년까지의 일본 연호—옮긴이) 스타일인 채로 고개를 숙이며 계속 걸었다.

"센다 씨 정보 얻었어."

마사미가 중간고사 공부를 하고 있는데 문 밖에서 엄마 목소리가 들렸다. 때마침 공부에도 싫증이 나 있던 터라 문을 열자 엄마가 차와 찹쌀떡 접시가 놓인 쟁반을 손에 들고서 득의양양하게 가슴을 펴고 서 있었다.

"어디서?"

엄마는 쟁반을 마사미의 책상 위에 놓으며,

"슈퍼 반찬 매장에서. 직원 아주머니와 이야기를 나누고 있는데 젊은 남자애가 들어오는 거야. 그 아이도 아주머니와 아는 사이인지 이야기를 들어보니 글쎄, 센다 씨 아파트에 세 들어 사는 아이였어."

"와아, 그래서?"

입 주위가 가루투성이가 된 마사미가 물었다.

"그 아파트는 센다 씨가 지정한 대학의 학생만 들어갈 수 있대."

새로운 정보를 얻은 엄마는 기쁜 듯했다. 그 대학은 마사미의 동창인 네모지고 얼굴 큰 오사무가 합격한 학교보다도 편차치가 한 단계 더 높은 대학이었다.

"그럼 취해서 알몸으로 돌아다니던 사람들도 그 학교 학생이었어?"

"그렇겠지, 분명."

"왜 그렇게 지정했을까?"

"명문대생은 우등생이라 이상한 짓은 안 할 거라고 생각한 게 아닐까? 게다가 말이야, 그 아이들은 주인인 센다 씨를 만난 적이 없다네. 계약할 때도 없었고, 집세는 계좌 이체, 집 문제는 전부 부동산 담당자가 대행하고 있다더라."

그들이 술에 취해 알몸으로 뛰어다녔다는 것을 알았을 때 센다 씨는 깜짝 놀랐지만, 그럼에도 그녀는 얽히고 싶지 않았던 거다.

마사미가 취직하고서는 인연이 끊겼는지 역 앞을 걸어가도 더는 센다 씨와 마주치지 않았다. 부러 돌아서 집 앞을 지나가 보면 건물 관리를 하지 않으니 당연하지만, 아파트도 함께 노후화에 박차를 가하고 있었다. 보통은 오래된 집이라도 사람이 살고 있는 느낌은 나는 법인데, 센다 씨 집은 그런 게 전혀 느껴지지 않았다.

"설마 센다 씨, 이미 집 안에서 숨이 끊어진 거 아냐?"

마사미는 조금 걱정이 되었다. 바로 옆에 사람이 살고 있는데도 죽은 지 몇 년이 지나 시체가 발견되는 경우도 많다. 자신도 외동에 결혼 예정도 없으니 부모가 죽으면 혼자 살게 될 테다. 겉으로 보기에는 상황이 다른 부분이 많지만, 마사미는 나이를 먹을수록 센다 씨가 걱정되었다. 저대로 계속 타인과의 접촉을 피하고 생활할 작정일까. 혼자 살다 죽으면 타인에게 발견되는 수밖에 없을 텐데, 회람판마저 건너뛰고 있으니 분명 가깝게 지내는 사람도 없을 거다. 그렇다고 마사미가 적극적으로 나서 그녀의 집을 방문할 용기는 없었다.

"센다 씨, 요즘 안 보이네. 괜찮을까?"

엄마에게 물어봤다.

"응? 뭐가?"

"센다 씨 말이야, 봤어?"

"전혀. 나는 예전부터 거의 만난 적이 없잖니."

"꽤, 나이 들었겠지."

"네 아빠보다 열두 살은 많지 않을까?"

"그 집, 사람이 살고 있는 기척이 안 나니까. 그래서 조금 신경 쓰여."

마사미가 진지하게 말하고 있는데 엄마는,

"하긴, 센다 씨는 땅부자지만, 존재감이 없었으니까."

란다.

"땅부자와 존재감 없는 게 무슨 관계가 있는데?"

"어머, 애. 보통 땅부자들은 어딘가 도드라져 보이잖니. 센다 씨는 정반대의 사람이지."

"그야 그렇지만……."

"존재감이 없다는 건 네 말처럼 정말 그렇게 됐을지도 모르겠네."

"엄마, 말이 심하잖아."

"정 걱정이 되면 집에 가보지 그러니. 너 예전에 과자도 받았으니까. 네가 하는 걱정이 현실이면 발견해서 명복을 빌어주면 되고, 빗나가도 건강하면 그걸로 되지 않겠니?"

너무나도 간단하게 말하기에 마사미는 자신의 부모지만 매정한 인간이라는 생각이 들어 기가 막혔다. 센다 씨는 고령자인 데다 딸이 그렇게 걱정을 하면 보통 엄마들은,

"그러게 말이다. 엄마가 상황을 살펴보고 올게."

정도는 말해도 좋을 텐데 남의 일처럼 네가 가라니, 도무지 이해가 안 된다. 그러나 정작 마사미도 센다 씨에 대한 걱정보다 거절당할 거라는 불안이 앞서 그녀의 집 앞을 서

성이는 것 외에는 별다른 방법이 없었다.

다행히 마사미는 마흔이 된 지금까지 반상회 게시판에서 센다 씨의 부고를 보지 못했다. 엄마는 물론 야마카와 씨도 최근에는 센다 씨를 보지 못했다고 한다.

"걱정은 되지만……. 별수 없지. 그쪽이 간섭하는 걸 싫어하니까."

야마카와 씨도 센다 씨와는 거리를 두고 있었다. 꽤 오래전, 사교적인 야마카와 씨는 장을 보러 나가다가 앞에서 걸어가고 있는 센다 씨를 보고 과감히 말을 건 적이 있다.

"장보러 가세요? 함께 할까요?"

그런데 센다 씨가,

"아뇨, 저기, 저는 괜찮습니다."

하며 방향을 틀어 도망치듯 집으로 돌아간 것 때문에 화가 난 모양이었다. 그 이후 센다 씨에 관한 정보는 알고 싶으나 상대는 하고 싶지 않게 된 듯하다.

"선의로 말을 걸었는데 그런 반응이라니, 친해질 수가 있겠니?"

엄마는 그런 태도를 취했기 때문에 당연하다는 말투였다.

"뭐, 그야 그렇지만."

마사미에게 센다 씨는 새하얀 얼굴에 키가 큰 아줌마, 머리를 쓰다듬으며 과자를 준 상냥한 사람이지만, 엄마 세대의 사람에게는 어울리기 힘든 유형이었다. 수십 년을 같은 동네에 살면서도 가까이 지내는 사람 하나 없다는 것이 그 증거겠지. 마사미는 타인과는 엮이고 싶어 하지 않는 센다 씨의 의사를 존중하며 남과 어울리는 게 싫은 사람에게 굳이 먼저 다가설 필요는 없을지도 모른다고 생각을 바꾸었다.

일요일 오후 점심을 먹고 셋이서 식탁에 앉아 쉬고 있는데 소방차 사이렌 소리가 들렸다. 소리가 점점 가까워지며 귀를 압박하는 듯한 음량에 근처다 싶어 불안해진 순간 소리가 뚝하고 멈췄다.

"무슨 일이지?"

불안한 얼굴로 엄마가 일어섰다. 아버지와 마사미가 창

으로 다가가 소리가 멈춘 쪽을 보니 잿빛 연기가 피어오르고 있었다. 문을 열자 이웃 아저씨들이 샌들을 신고 나와 있었다. 그중에는 아내의 굽 높은 샌들을 걸쳐 신고 있는 사람도 있었다.

"저쪽이다, 저쪽."

손으로 가리키며 달려가는 아저씨도 있었다. 무심코 아버지와 마사미도 그들의 뒤를 따라 달려갔다.

"조심해."

등 뒤에서 엄마가 외치는 소리가 들렸다. 남녀노소 이웃들이 모여 연기가 피어오르는 방향으로 달려갔다. 모두가 달려가는 방향은 센다 씨 집 쪽이었다. 그리고 연기가 피어오르는 지점이 센다 씨의 부지 내 아파트 2층임을 보고 마사미는 자신도 모르게 멈춰 서고 말았는데, 소방관의 침착한 모습과 연기가 하얗게 줄어드는 것으로 보아 중대한 사태에 달하지는 않은 듯해 안도했다. 방의 주인인지, 손에 소화기를 든 젊은 남성이 소방관에게 이것저것 설명하는데 '요리', '기름', '인화'라는 단어가 들려왔다.

"기름을 가열하고 있을 때에는 자리를 뜨면 안 된다고 그만큼 말하잖아요. 대체 왜 그랬어요."

호되게 혼나고 있었다. 마사미가 센다 씨는 어쩌고 있을지 궁금해 하며 집 쪽으로 눈을 돌렸으나 모습은 보이지 않는다. 그때 소방관이 성큼성큼 집으로 다가가 주먹으로 문을 몇 번이나 두드렸다. 잠시 뒤 덜커덩 소리가 나며 문이 조금 열렸다.

"이곳 주인이시죠?"

"아, 네."

"잠시 나와 주시겠습니까?"

문의 좁은 틈으로 스르륵 빠져나오듯이 센다 씨가 나왔다.

"저기, 2층 앞쪽 방 말입니다만, 기름을 넣은 냄비에 불을 올린 채로 게임을 한 모양이에요."

파출소에서 경찰도 왔다. 센다 씨는 두 남성에게 이것저것 설명을 듣는 내내 오른손을 입에 대고 몇 번이고 고개를 갸웃거릴 뿐 가만히 있다. 센다 씨도 힘들겠네, 하며 마사미가 보고 있는데 뒤에서 아이 목소리가 들려왔다.

"어? 저 사람, 아케미? 아빠, 저 사람 아케미짱(인기 여성 개그콤비 일본에레키테루연합의 '미망인 아케미짱'이라는 콩트에 등장하는 하얀 얼굴에 단발머리 인형 분장을 한 캐릭터로, '안 돼요~ 안 돼 안 돼'라는 인기 유행어가 있다—옮긴이) 맞죠?"

"이 녀석, 그런 말 하면 못써. 조용히 해."

남성이 아이를 꾸짖자,

"저것 봐요, 똑같잖아요. 우와, 아케미짱이다. 안 돼요~ 안 돼 안 돼."

검은 단발머리에 새하얀 얼굴이 개그맨 콤비의 콩트에 나오는 캐릭터를 닮았다. 그리고 하필 그때 붉은 바탕에 노란 무늬의 카디건을 입고 있었던 것도 아케미짱스러움을 더했다. 마사미가 돌아보자 그 남자아이는 집요하게 몸을 비비꼬며,

"안 돼요~ 안 돼 안 돼."

라는 말을 반복하였고, 그 모습을 본 다른 아이들도 웃으며 따라 외치기 시작했다.

"안 돼요~ 안 돼 안 돼."

센다 씨의 귀에 아이들의 소리가 들렸는지는 모르겠으나 소방관과 경찰 사이에 끼여 작게 고개를 숙이거나 목을 좌우로 갸웃거리고 있었다. 조금 전까지만 해도 화재 걱정을 하고 있었건만 돌아갈 때는 남녀노소 할 것 없이 구경꾼들의 머릿속이 '안 돼요~ 안 돼 안 돼'로 가득해져서 모두 입꼬리가 올라가 있었다.

화재 사건이 있은 후 그 집에 '아케미짱'이 산다는 소문이 퍼졌다. 이 역시 야마카와 씨에게 정보를 얻은 엄마 말에 의하면 하굣길의 초, 중학생들이 집 앞에서 센다 씨를 놀리며 외쳐댔다고 한다.

"안 돼요~ 안 돼 안 돼."

집 안에서 센다 씨가 새하얀 얼굴로 웃으며 나오자 아이들은 즐거워했고, 그러자 그녀는 매번 종이에 싼 과자를 아이들에게 나누어 주며,

"공부 열심히 하렴."

하고는 머리를 쓰다듬는다고 한다. 아이 손에 들려 있는

과자를 본 부모가 무슨 일이냐며 자초지종을 물으니 "아케미짱에게 받았다"고 대답하기에 감사 인사를 하러 갔다. 그러나 그녀는 아이를 대할 때의 태도와는 전혀 다르게 문을 1센티미터 정도 열고서,

"인사는 됐어요."

하고는 바로 문을 닫아 버린다는 듯했다.

"어른으로서의 소통이 안 되니 골치 아픈 일이지."

엄마와 야마카와 씨는 그렇게 의견 일치를 보였으나 마사미는 계기가 뭐든 아이들하고라도 어울리려는 듯해 마음이 놓였다. 대학생 남자들조차 어울리려 하질 않으니 그녀가 어울릴 수 있는 대상은 초, 중학생까지가 한계인 셈이다. 하지만 센다 씨가 주목을 받는 이유는 일본에레키테루 연합이 만든 아케미짱이라는 캐릭터 덕분이다. 변덕스러운 아이들이 그 소재에 싫증이 나면 센다 씨도 금방 잊히겠지. 확실히 아이는 그녀의 재산을 노리지는 않지만 안타깝게도 마음이 쉽게 변한다. 예전의 자신이 그랬던 것처럼, 신경은 쓰이지만 친절하게 대할 수는 없다.

마사미는 화재가 있고 얼마 후 센다 씨의 집 앞을 지나가 봤다. 불이 난 방의 창이 활짝 열려 있고, 안에서 내장 작업을 하는 남성의 모습이 보였다. 센다 씨 집은 현관도 창도 굳게 닫혀 있어 사람이 살고 있다는 느낌이 안 든다. 그렇게까지 철저하게 거부하면 아무 말도 못하지만, 마사미는 차마 센다 씨에게 하지 못한 말을 속으로 중얼거렸다.

'그렇게 완고하게, 행복한 매일을 보냈나요?'

인도인 이웃

이십 년 전쯤, 마사미와 엄마는 동네 외곽의 철거 중인 집 앞을 지나갔다. 방진, 방음벽의 틈새로 들여다보니 오래전부터 알던 목조 이층집이 가재도구째 중기로 해체되고 있었다. 쩍하고 둘로 나뉘어 철거 중인 집을 보면서 엄마는 차분히 말했다.

"저것 봐봐. 저기에 있는 거, 저거 혼수 3점 세트인 옷장이지? 아까워라. 그래도 쓸모없으면 처리하는 수밖에 없지."

그렇게 철거된 집터에 신건축 아파트가 들어섰다. 위아

래 합쳐 여덟 세대의 작은 2K로, 베란다 없는 간소한 구조다. 이내 아파트 부지 내에 주민들의 자전거가 늘어섰다. 그 아파트는 이사가 빈번했고, 직장 생활을 갓 시작한 마사미가 휴일에 아파트 앞을 지나갈 때마다 이삿짐센터 트럭이 멈춰 서 있었다. 그런데 지금은 건물 관리도 안 하는지 아파트는 낡은 채로 서 있다.

태어나서부터 사십 년을 줄곧 같은 동네에 살면 주민의 변화를 빠삭하게 알 수 있다. 고령자는 죽음을 맞이했고, 함께 놀던 연하남은 한 아이의 아빠가 되었다. 최근에는 피부색이 거무스름한 외국인을 자주 만나게 되었다. 남성은 셔츠에 바지 차림이었지만, 여성들은 아름다운 사리를 두르고 있어 인도인인 듯했다. 또렷한 눈매의 아주 귀여운 아이들도 있다.

역 앞에 인도 요리 테이크아웃점과 레스토랑이 있어 거기서 일하는 사람들이라고 생각했더니 그 인도인의 수가 갈수록 늘었다. 엄마에게 얘기하니 슈퍼마켓 직원에게 얻은 정보로, 역시나 그 요리점의 관계자들이라고 알려주었다. 첫 번째 테이크아웃점이 맛이 좋은 데다 가격이 싸서 크게 번성하자 역 근처에 인도 요리 레스토랑이 생기면서 에스닉 요리를 좋아하는 사람들이 모여들기 시작해 역 앞에 지금까지와는 다른 활기도 생겨난 듯했다.

"엄마도 인도인이었으면 사이즈 따위 관계없이 예쁜 사리를 입을 수 있어 좋았을 텐데."

날씬해 보이는 옷이 하나도 없다며 맨날 한탄하는 엄마에게 그렇게 말하자,

"그러게 말이다."

라며 웬일로 딸의 모진 말에 반론도 하지 않고 수긍했다.

어느새 처음 보았던 사람 수의 몇 배 이상으로 인도인이 늘어나 있었다. 휴대전화로 통화하며 걸어가는 남성들이나 사리를 입은 여성들이 자주 눈에 띄었다. 지금까지 마사미가 인지한 사람은 아이 둘과 남성 셋, 체격 좋은 여성 둘로, 여성 중 한 명은 머리카락을 묶고 푸른색 사리를 둘렀으며, 나머지 한 명은 머리카락을 늘어뜨리고서 붉은색 사리를 두르고 있었다. 외국인이 일본인의 얼굴을 식별하기

어려워하는 것과 마찬가지로 마사미도 그녀들 얼굴의 세세한 부분까지는 인식이 안 되어 헤어스타일이 바뀌면 알아볼 수 없어서 사리 색의 취향으로 판단하는 수밖에 없었다. 그런데 체격이 좋은 두 사람 말고, 연약한 여성 세 명이 늘었다. 한 명은 항상 휴대전화를 귀에 대고 빠른 말투로 이야기하고, 또 한 명은 마치 요가를 하는 것처럼 늘 진지한 얼굴로 천천히 걸으며, 사리가 아닌 주름치마를 입은 여성이 한 명. 모두 이십 대에서 삼십 대 정도로 보였다. 천천히 걸어가는 여성은 또렷한 눈매의 아이들보다 어린 아이 둘을 데리고 있었다.

마사미는 그들이 대체 어디에 사는지 궁금했다. 여기서 가게를 경영하며 생활하고 있으니 주거지도 정해져 있지 않으면 곤란할 텐데, 라고 생각하며 때마침 두 동강으로 해체된 목조 집터에 지어진 낡은 아파트 앞을 지나가다가 자신도 모르게 발을 멈췄다. 문 앞에 인도인으로 보이는 스무 명 가까운 사람들이 모여 있었다. 대부분의 여성들이 사리를 두르고서 노래를 부르는 것도 춤을 추는 것도 아닌, 그저 모여서 즐겁게 잡담을 나누고 있었다. 1층 네 집의 문은 활짝 열려 있고, 아이들이 단지 내를 뛰어다니고 있었다. 쳐다보고 있는데 2층의 두 집에서도 아이가 튀어나왔다. 어느새 이 아파트의 여덟 집 중 여섯 집이 인도인 주거가 되어 있었다.

집에 돌아와 그 이야기를 엄마에게 하니,

"어머, 그렇구나. 아이들은 그 근처 초등학교에 다니고 있으려나?"

하며 마사미의 모교 이름을 꺼냈다.

"음, 하지만 국제학교도 있으니까."

"그럴지도 모르겠네. 야마카와 씨는 알고 있을 텐데. 물어봐야겠다."

엄마는 어딘가 즐거워 보였다.

며칠 후 마사미가 퇴근해 돌아와 집의 문을 열자마자 엄마가 돌진하듯 성큼성큼 복도를 달려왔다.

"마사미, 알아냈어."

"놀래라. 뭘?"

"그 인도인들 말이야. 후후후."

엄마가 이상하게 텐션이 높고 기분이 좋기에 오늘 밤에는 아버지가 없나 싶었더니, 역시 그랬다. 아버지는 요즘 이웃인 곤다 씨의 권유로 바둑을 시작했고, 따라간 기원에서 소질이 있다며 칭찬을 받았는지 즐겁게 다니고 있다.

"네 아버지가 집에 있으면 우울해."

마사미에게 소곤대던 엄마는 아버지를 데리고 나가주는 곤다 씨에게 얼마나 감사한지 모른다고 했다. 부모가 모두 기분 좋은 건 좋은 일이다.

"알아냈다니, 뭘 알아냈는데?"

마사미가 주방으로 들어가자 식탁에 마사미의 식기가 놓여 있었다.

"지금 햄버그스테이크 하니까 얼른 옷 갈아입고 와."

"알았어, 그래서 뭘 알아냈어?"

"후후, 그건, 나, 중, 에."

기대를 갖게 하는 엄마에게 살짝 짜증이 났지만, 마사미는 방에서 옷을 갈아입고 나와서 엄마가 물을 채운 볼에 담가둔 샐러드용 채소를 샐러드 스피너에 넣어 물기를 제거했다. 엄마는 콧노래를 흥얼거리며 햄버그스테이크를 굽고 있었다. 마사미가 직접 밥과 국을 그릇에 담고서 식탁에 앉은 순간, 훌륭한 타이밍으로 햄버그스테이크가 접시 위에 올려졌다.

"잘 먹겠습니다."

마사미가 먹기 시작하자 엄마는 몸을 앞으로 내밀었다.

"이웃 사람들도 모두 궁금했던 모양이야."

"갑자기 사람 수가 늘었으니까."

"그래서 말이야. 야마카와 씨와 분담해서 알아봤지."

"뭐, 분담?"

"그래, 야마카와 씨에게만 부탁하는 것도 미안하잖니. 그래서 나도 알아봤어."

"부탁이라고 해도 야마카와 씨는 일로 하는 게 아니잖아. 그리고 외국인이 드물다고 개인 사생활을 조사하는 건 실례야."

"어머, 애 봐라. 실례되는 일 같은 건 안 해. 그러는 마사미 너도 이것저것 알고 싶어 하잖니."

"그야 그렇지만……. 분담해서까지 알아볼 만한 일은 아니라고 생각해."

"후후, 이름도 알아냈지. 탐정이 된 기분이 들어서 조금 설레더라."

엄마는 득의양양하게 배와 동화된 가슴을 폈다.

"참나. 그래서 어떻게 됐는데?"

마사미가 담담히 묻자 엄마는 히쭉 웃었다.

그들이 예의 그 아파트에 살고 있음을 알게 된 엄마는 슈퍼마켓에 가려면 조금 돌아가야 하는 그 아파트 앞을 장보러 가는 척 왔다 갔다 하며 살폈다. 한동안 모습을 살폈으나 아무도 나오지 않자 더는 참지 못하고 단지 안으로 들어가 문에 설치되어 있는 우편함에 적힌 이름을 확인했다고 한다.

"그거 불법 침입이야. 도둑으로 몰리면 어쩌려고. 단지에 들어간 이유를 설명 못 하잖아."

마사미가 깜짝 놀라 언성을 높이자 엄마는 아무렇지도

않다는 듯,

"그런가. 그저 이름을 알고 싶었을 뿐이라고 말해도, 안돼?"

하며 개인 정보 보호를 무시하는 발언을 했다.

"그만해, 진짜."

"그렇지만 야마카와 씨와 분담할 때 내가 이름 알아내기 담당을 맡아서……."

"레스토랑에 가면 주인이 있으니까 그렇게 알고 싶었으면 직접 이것저것 물어보면 되잖아."

"그건 야마카와 씨 담당."

"하아."

엄마와 그녀가 의논해서 결정한 듯하나, 왜 그렇게 담당이 나뉘었는지 마사미는 이해가 안 됐다.

마사미는 잠시 침묵하며 간격을 두었다가 조용히 물었다.

"그래서 어떻게 됐는데?"

그러자 엄마는 다시 몸을 앞으로 기울이며,

"우편함에 히라가나로 '쿠마루'라고 적혀 있었어."

"쿠마루 씨구나."

"그런데 1층 네 집이 전부 쿠마루더라. 2층의 두 집도 쿠마루 씨였어."

"뭐? 2층 우편함까지 봤어?"

"응, 하는 김에. 나머지는 야마모토 씨와 이시다 씨였어."

마사미는 아파트 외부 계단을 올라가 2층에까지 침입한 엄마의 모습을 상상하자 순찰 중인 경찰에게 발견되지 않아 정말로 다행라고 생각하며 한숨 돌렸다.

"'쿠마루' 외에 모르는 글자로 여러 가지 적혀 있었는데 알 수가 있어야지. 그때 1층에서 여자가 나오는 거야. 왜 그 있잖니, 체격 좋고 머리카락 묶어 올린 사람."

체격이 좋다고 말하지만, 엄마와 거기서 거기네요, 라고 말하고 싶은 걸 마사미는 일단 참았다.

"아, 그 푸른색 사리를 두른 사람?"

"그래, 맞아."

거의 불법 침입이었던 엄마는 순간적으로 "헬로우."라고 인사했다. 그러자 그녀는 싱긋 웃으며 "안녕하세요."하고 대답해 주었다. 이어서 "유어 네임?" 하고 물으니 "미나."라고 알려주었다고 한다.

"다행이네."

"그 외에도 여러 이야기를 해 주었는데 전혀 알아들을 수가 없어서 말이지. 그래도 아주 좋은 사람이었어."

미나 씨가 말을 건네는 내내 엄마는 아무 말도 알아듣지 못했으나 싱글벙글 웃으며 고개를 끄덕였다고 한다.

"첫 대면인데도 상냥하게 대답해 줬네. 알아듣질 못해서 안타깝지만."

"그러게 말이다. 저기, 마사미, 너 영어 할 줄 알지? 다음에 함께 안 갈래?"

"쿠마루 씨 일족이 그곳에 거주하고 있고 푸른 사리의 사람이 미나라는 사실을 안 것으로 충분하잖아."

엄마는 자신이 그 조사를 했다며 기고만장해 있었으나, 이야기를 나누면서 정작 알아낸 것은 그 여성의 이름뿐이었다는 사실을 깨닫고 조금 침울해졌다.

뒷날 들고 온 야마카와 씨의 조사 결과는 엄마와 비교해 현격한 차이가 났는데, 과연 철저했다. 혼자서 역 앞의 인도 요리 레스토랑에 가서 식사한 뒤, 주인 쿠마루 씨에게 이것저것 캐물었다. 먼저 쿠마루 씨가 일본에 와서 역 앞에 인도 요리 테이크아웃점을 냈다. 그 가게가 잘된 덕분에 두 번째는 레스토랑을 내고 싶어 테이크아웃점은 동생에게 물려주고 자신은 레스토랑 경영을 하게 되었다. 그곳도 궤도에 오르자 가족을 불러들였고, 동생 또한 자신의 가족을 불러들였다. 그리고 그 가게에서 일하고 싶어 하는 사촌들도 일본으로 건너와 모두 가게에서 일하고 있다고 한다.

쿠마루 씨의 아내는 엄마가 만난 미나 씨고, 눈매가 또렷한 귀여운 아이는 두 사람의 자녀였다. 또 한 명의 체격 좋고 머리카락을 늘어뜨린 채 붉은 사리를 입은 사람은 미나 씨의 여동생 카마라 씨라고 한다. 야마카와 씨는 그 자리에서 인디라 씨, 샥티 씨, 데비 씨라는 여성들을 소개받았고, 그 순간은 구분했지만 정확하게는 식별하지 못해 길에서 만나도 이름을 불러 말을 걸 자신은 없다고 했다.

"역시 대단하네, 야마카와 씨."

마사미가 감탄하자 엄마는 기분이 상했는지,

"그야, 야마카와 씨는 부끄러움이 별로 없으니까……."

라고 말했다.

"손님으로 가게에 간 거잖아. 거기서 가게 사람과 이야기를 나누며 정보를 얻은 건데. 몰래 잠입해 우편함 이름을 보고 온 쪽이 훨씬 부끄러움 없는 거 아냐?"

마사미가 어이없어하자 옆에서 바둑책을 보며 작은 바둑판에 바둑알을 놓고 있던 아버지가 책에서 눈을 떼지 않고 말했다.

"그럼. 불법 침입은 안 되지."

"당신은 관계없잖아요."

엄마는 정색했다.

"그 인도 요리점은 카레가 정말 맛있더군. 전부 싸고 맛이 좋아."

"뭐야, 당신이 어떻게 알아요?"

아버지는 기원 동료와 거기서 몇 번이나 식사를 했다고 한다.

"치사해, 당신 혼자서만. 나한테 그런 이야기는 안 했잖아요."

엄마는 화를 냈다.

"초등학생도 아니고 일일이 어디어디서 점심을 먹었다고 보고해야 하나?"

아버지의 말에 엄마는 흥 하고 숨을 들이쉬고는 말을 내뱉었다.

"나도 가고 싶다고!"

아버지는 엄마를 흘끗 쳐다보고는 조용히 바둑알을 판 위에 두었다. 엄마가 귀신같은 형상을 하고 있었기에 마사미가,

"알았어, 알았다고. 다음에 같이 가줄 테니까. 응? 그럼 됐지?"

하고 달래자 놀랄 정도로 순순히 끄덕였다.

"그래."

마사미는 바둑을 두고 있는 아버지의 등을 쳐다보며 작게 한숨을 내쉬었다.

다음 휴일, 마사미는 엄마를 데리고 쿠마루 씨가 경영하는 인도 요리 레스토랑으로 향했다. 어머니날(일본은 우리나라의 어버이날과 달리 어머니날, 아버지날이 구분되어 있다―옮긴이)에 마사미가 선물한 베네치안 글라스 목걸이를 하고서 의욕 넘치게 갔으나 가게 앞에 도착하니 임시휴업이라고 적힌 종이가 붙어 있었다.

"하는 수 없네. 엄마, 다음에 다시 오자."

마사미는 꼼짝 않고 서 있는 엄마의 어깨에 손을 올리고서 역 앞에 자리한 쇼핑몰 내 중화요리점으로 데리고 가서 식사를 하고 돌아왔다. 기원에서 돌아온 아버지에게 자초지종을 이야기하다가,

"당신 한가하네."

라는 소리를 들은 엄마가 화난 표정으로 화장실로 들어가 버렸다.

"야마카와 씨가 인도인들과 친해졌다는 소릴 듣고 부러

워서 못 견디는 거야. 네 엄마 이상한 데서 경쟁심을 불태우는 습관이 있다니까."

아버지가 마사미에게 소곤댔다. 자신의 삶의 방식이나 일로 경쟁심을 불태우면 몰라도 외국인과 친해졌는지 아닌지가 경쟁심의 원인이라는 게 너무도 쪼잔해서 마사미는 슬퍼졌다.

쾅 하는 소리와 함께 엄마가 화장실에서 나왔다.

"엄마는 미나 씨와 이야기 나눴잖아. 그럼 됐지."

말을 걸었지만 여전히 화가 나 있다. 지방 산길에 방치된 낡은 석상에서 이런 얼굴을 본 적이 있다.

"다음에 장보러 나가는 김에 쿠마루 씨의 아파트에 같이 가줄게. 불러내는 건 실례니까 우연히 밖에 있으면 말을 걸어보자."

마사미가 달래자 그제야 엄마는 다시 끄덕였다. 외국인 이웃의 일로 어째서 이렇게까지 엄마에게 신경을 써야 하는 건지 아주 귀찮았지만 부부, 부모와 자식, 그리고 이웃 관계의 회복 대처법으로서는 이것밖에 떠오르지 않았다.

잔뜩 화가 나 있던 엄마는 휴일이 되자 기쁜 표정으로 말했다.

"장보러 갈래?"

"네~네~ 어서들 다녀와요."

마사미가 대답을 하기도 전에 바둑책에 눈을 떨어뜨린 채로 아버지가 그만 쓸데없는 말을 꺼내는 바람에 또다시 엄마의 표정이 험악해졌다. 이렇게 되면 나갈 수밖에 없다. 마사미는 서둘러 준비하고 현관에서 계속 제자리걸음하고 있는 엄마와 함께 집을 나왔다.

"있을까?"

엄마의 눈은 빛나고 있었다. 아파트에 다다르자,

"앗."

하고 소리를 높이더니,

"있다."

하고 외치고는 도로에 서 있는 외국인 여성을 손가락으로 가리키며 뒤에 있는 마사미를 돌아보았다.

"엄마, 손가락질 좀 그만해!"

마사미가 화를 냄과 동시에 엄마는 종종걸음으로 그 여성을 향해 달려갔다.

"헬로우, 헬로우."

달리면서 엄마는 손을 흔들었다. 소리를 들은 여성이 깜짝 놀란 얼굴로 이쪽을 바라보았다.

'미, 미안해요. 정말로 미안합니다.'

마사미는 마음속으로 몇 번이나 그녀에게 사과하면서 엄마를 쫓아갔다. 그 여성은 사리가 아니라 하얀 셔츠에 데님을 입고 있었다. 곁에 있는 유모차 안에서 아기에 가까운 연령의 유아가 잠들어 있었다.

"헬로우."

엄마는 평소보다도 높은 톤의 목소리를 냈다.

"헬로."

그녀는 놀라면서도 상냥하게 인사해 주었다. 다행이라 생각하며 마사미가 한숨 돌리고 있는데 엄마가 무례한 말을 한다.

"왓츠 유어 네임?"

'와아, 미치겠다.'

마사미가 등 뒤에서 어찌할 바를 몰라 당황해 하는데 그녀가 싱긋 웃으며 알려주었다.

"타라."

"타라? 타라?"

엄마가 몇 번이나 확인하자 그녀는 웃으며 고개를 끄덕였다.

"마사미, 이 사람 타라 씨래."

"어, 그래."

마사미는 일단,

"Nice to meet you."

라고 교과서대로 인사했다. 타라 씨는 싱긋 웃었다. 촌스럽기 짝이 없는 우리를 따뜻하게 대해주다니 정말로 고마웠다.

그녀의 이름을 알게 된 엄마는 유모차로 시선을 내리더니 유아를 보며,

"귀여워라."

하고 한숨 섞인 소리를 냈다. 이렇게나 속눈썹이 새까맣고 긴 아이가 있을까 싶을 만큼 정말 귀여웠다. 타라 씨는 의미를 알아들었는지, 기쁜 표정으로 웃었다. 마사미는 좌우지간 그녀에게 실례를 범해서는 안 된다는 생각뿐이었다.

갑자기 엄마가 타라 씨를 향해 검지를 세웠다. 그녀는 고개를 옆으로 흔들었다. 그러자 이번에는 가위 모양을 했다. 또다시 그녀는 고개를 옆으로 흔든다. 손가락 세 개를 세우자 타라 씨가 고개를 끄덕였다.

"어머나, 세 살? 세 살 치고는 이 아이 너무 작지 않니?"

엄마는 마사미에게 속삭였다. 마사미는 뭔가 이상하다 싶었는데, 그때 아파트 1층 오른쪽 끝의 문이 열리며 남자아이와 여자아이가 달려 나와 그녀에게 매달렸다.

"세 살이 아니라 셋째라는 말 아냐?"

"아, 그런가? 그런가 보다."

상황을 이해한 엄마는 갑자기,

"어, 당신의, 자녀는, 세 명입니까?"

하고 일본에 온 지 얼마 안 된 외국인이 말하는, 이상한 억양의 일본어를 내뱉기 시작했다.

'이 아줌마가 대체 왜 이러는 거야?'

마사미는 기가 막혀 엄마의 얼굴을 쳐다봤다. 아무래도 그렇게 말하면 자신이 외국인이 된 듯한 기분이 드는 모양이다.

"네, 세 명."

예상한 대답이 돌아오자 이 대화가 통한다며 힘을 얻은 엄마는,

"당신은, 언제, 이곳에 왔습니까? 나이는, 몇 살, 입니까? 좋아하는, 일본 음식은, 무엇입니까?"

라며 잇달아 질문을 퍼붓는 통에 타라 씨는 눈을 깜박거리며 가만히 서 있었다.

"엄마, 천천히 말해야지."

마사미가 주의를 주자,

"아, 그러네. 당신은, 언제, 이곳에 왔습니까? 모르겠어요? 어─ 나 정말로 난처했습니다."

평소 말투와 일본어가 서툰 외국인의 말투를 섞어가며 말을 건다. 그 진묘한 상황을 참을 수가 없었던 마사미는 엄마 뒤에서 필사적으로 사과했다.

"죄송합니다, 정말로 죄송합니다."

'죄송합니다'는 알아들었는지 타라 씨는 작게 끄덕이며 살며시 미소 지었다.

"모르겠습니까? 얘, 마사미, 통역 좀 해 봐."

"아유, 이제 그만해, 가자."

마사미는 집요하게 타라 씨를 물고 늘어지는 엄마의 손을 잡아당기며 몇 번이나 고개를 숙이면서 그 자리를 떠났다. 그런 두 사람을 쳐다보며 그녀는 웃는 얼굴로,

"안녕."

하고 손을 흔들어 주었다.

"정말이지, 내가 부끄러워서 못 살겠다. 대체 무슨 생각이야?"

슈퍼마켓으로 이어지는 길을 빠른 걸음으로 걸으며 마사미는 화를 냈다.

"뭐가?"

엄마는 필사적으로 따라잡으려 종종걸음으로 뒤를 따라왔다.

"실례잖아. 그런 영문 모를 말을 해 대면."

"어머 얘, 그래도 타라 씨도 일본어 알고 있는 것 같았어."

"그런 이상한 말투는 대체 뭔데?"

"그렇게 말해야 외국인이 알아들을 것 같아서."

무슨 말을 한들 소용없겠다고 생각한 마사미는 단념하고 평소의 두 배 보폭으로 세차게 걸어갔다.

"좀 기다려, 같이 가."

멈춰 서서 엄마를 기다릴 기분도 들지 않았다.

그날 이후 마사미는 엄마의 인도인 접근 계획에는 관여하지 않기로 했다. 그러자 엄마는 정보원인 야마카와 씨와 저녁에 둘이서 인도 요리점으로 식사하러 나가기 시작했다. 아버지는 기원에 푹 빠져서 밤 12시 전에는 집에 들어오지 않으므로 엄마가 밖에서 저녁을 먹는 날에는 마사미의 휴대폰으로 문자가 왔다.

"인도에서 식사."

마사미는 엄마가 외국인에게 그렇게 관심이 많았는지 상상도 못했다. 그것도 그런 엉뚱한 방법으로. 두 아줌마가 합체하여 더 엉뚱해지지 않기를 기도할 뿐이었다.

일주일 정도 지난 어느 날 밤, 동료와 식사를 한 터라 밤 10시가 넘어 집에 들어왔다. 아버지는 아직 오지 않았다. 마사미가 실내로 들어가니 엄마가 어두운 얼굴을 하고 있었다. 무슨 일이냐고 묻자 레스토랑의 인도인이 줄었다고 한다. 오늘 밤에도 엄마는 야마카와 씨와 함께 인도 요리점에서 식사를 했다. 평소에는 친족 여성들이 모두 모여 있는데, 오늘은 쿠마루 씨와 미나 씨 부부밖에 없었다. 그리고 상냥한 그녀가 어쩐 일인지 기분이 안 좋아 보여, 여성들이 없는 이유를 물을 수가 없었다고 한다.

"화려한 사리의 사람들이 없으니까 가게도 왠지 어두운 느낌이 들더라."

"흠. 무슨 일일까."

엉뚱한 두 아줌마도 상황이 그렇다 보니 그 분위기를 무시하고 이상한 억양의 일본어로 이것저것 묻지 못하고 애가 탄 채로 돌아온 듯했다.

엄마에게는 인도인과 친목을 다지는 것이 목적이니 평소와 다른 모습에 걱정스러울지도 모르지만, 마사미는 유난 떨 만한 일은 아니라고 생각했다. 그들 역시 각자 일이 있을 테고 여가를 즐기러 나가기도 하겠지. 당연히 부부 싸움도 할 테고. 거의 흘려듣다시피 하며 엄마의 이야기를 들었는데, 이틀 후 회사 근무 시간 중에 엄마에게서 문자가 왔다. 부모의 나이가 있으니 갑작스러운 문자는 가슴을 철렁하게 만든다. 황급히 마사미가 문자를 열어 보니,

"인도인, 행방불명!"

이라는 글자가 눈에 들어왔다.

"이게 뭐야?"

엄마에게 전화를 걸면 또다시 쓸데없이 말이 길어질 듯해서, 집에 가서 자세히 듣겠다고 답장을 보냈다.

집에 돌아오자 엄마는 기다렸다는 듯이 달려와서 흥분

한 상태로 말했다.

"쿠마루 씨네 사람들 사라져 버렸어."

엄마의 이야기에 의하면 낮에 역 앞에 장보러 가면서 인도 요리점 앞을 지나가는데 문이 닫혀 있었다. 임시휴업일 경우에는 항상 임시휴업이라 적혀 있었는데 아무것도 없더란다. 그래서 연중무휴인 테이크아웃점에도 가봤는데 셔터가 내려져 있었다. 무슨 일인가 싶어 보고 있는데 옆의 세탁소 부인이 나와서는 셔터가 계속 내려져 있어서 부동산에 물어보니 폐점했다고 하더라고 알려주었다. 놀란 엄마가 장보기를 서둘러 끝마치고 일부러 쿠마루 씨 일족이 살고 있는 아파트 앞으로 가봤더니 집마다 '쿠마루'라 적혀 있던 흰 종이가 모두 떼어지고 사람 사는 기척이 없더란다.

"야마카와 씨도 모르더라고. 대체 무슨 일일까."

엄마는 두 시간짜리 텔레비전 드라마를 보고 있을 때와 같은 눈빛이었다.

"안 됐네. 인도인 친구들이 생기나 했더니."

마사미는 위로할 생각으로 그렇게 말했으나 엄마는 휙 외면했다.

"어차피 나는 이상한 일본어로밖에 말을 걸지 못하니."

"근데 그거, 정말로 이상했어."

엄마는 입을 다물었다.

그 이후 동네에서 쿠마루 씨 일족의 모습은 감쪽같이 사라졌다. 그들이 살던 아파트에는 학생이며 젊은 부부가 이사를 왔고, 비어 있던 모든 집이 채워졌다. 테이크아웃점은 다코야키 가게로 바뀌었고, 레스토랑에는 임대 간판이 걸렸다. 엄마와 야마카와 씨는 매일같이 그들이 갑자기 모습을 감춘 이유를 추리했다. 레스토랑에 다니며 정보 수집을 했던 야마카와 씨가 쿠마루 부부와의 대화를 떠올리며,

"미나 씨가 형제자매라고 다 좋은 건 아니라고 말했었어."

라고 했고, 엄마는 진지한 얼굴로 끄덕였다. 정말로 미나 씨가 그렇게 말했는지는 심히 의문이다. 두 사람은 애초에 정확하게 진의를 알아들었는지 어떤지 별로 관계없는

듯했다. 틀림없이 그들은 여기서 장사가 잘 되어서 사업을 확대해 일족 모두가 살 수 있을 만한 큰 집을 지어 이사했을 거다. 성실하고 좋은 사람들이니 안정이 되면 고객인 자신들에게 분명 새로운 가게에 대한 안내가 올 거라고 두 사람은 철석같이 믿고 있었다.

결국 노도처럼 모습을 나타냈다가 노도처럼 사라진 그들을 본 기간은 일곱 달 정도였다.

"그 아파트는 임시 거처였네."

"그러게."

엄마와 야마카와 씨는 결론이 나와 만족해했다. 정말로 그럴까, 마사미는 의심했으나 입 밖에 내지 않았다. 아버지는,

"그 가게가 없어져서 곤란해졌네."

라고 말하며 뻔뻔스레 다코야키를 먹고 있다.

마사미는 일족이 순식간에 사라진 일에 관해 그들이 금전 문제를 안고 있던 것은 아닐까, 장사가 순조로워서 오히려 형제간에 알력이 발생한 건 아닐까, 하고 좋지 않은 일

만 생각했다. 그에 반해 엄마와 야마카와 씨가 낸 결론은 긍정적인 것뿐이다. 아직까지 쿠마루 씨로부터 연락은 없지만, 어쩌면 이상한 억양으로라도 열심히 이야기하려 했던 엄마나 야마카와 씨가 자신보다도 외국인 이웃과 더욱 친해질 수 있을지도 모르겠다며 마사미는 조금 반성했다.

열심히 꼬드기는 세토 씨

이웃에게 미움받았던 긴지로 집에서 몇 채 옆에 세토 씨의 집이 있다. 붉은 지붕의 작은 목조 건물로, 판자 울타리에는 항상 대머리에 길고 하얀 턱수염이 자란 할아버지 얼굴이 박힌 큰 사진이 걸려 있어서 어린 시절의 마사미는 그 앞을 지나갈 때마다 이 사람은 누구지, 하며 멈춰 서서 바라보았다.

마사미가 초등학교 3학년 때였다. 여름방학 직전의 날, 땀을 흘리며 학교에서 집으로 돌아가는 도중, 집 앞에 서 있던 세토 아줌마가 까무잡잡하니 갸름한 얼굴에 쭈글쭈글 주름 가득하게 웃으며 다가와 말을 걸었다.

"덥구나. 아줌마 집에서 보리차 안 마실래? 주스도 있단다."

'엇, 주스?'

마사미의 마음이 크게 동요했지만, 평소 엄마에게 "함부로 남의 집에 가서는 안 된다. 반드시 부모에게 말하고 가야 돼."라고 엄격하게 들은 터라 마른 침을 꿀꺽 삼키면서,

"괜찮아요. 집이 바로 저기예요."

라며 오른쪽 대각선 안쪽을 가리켰다.

"그래? 어디쯤이니?"

"저 게시판을 지나 오른쪽으로 다음 모퉁이를 돌면 있어요."

"아, 야마카와 씨네 옆집이구나. 너 이름이 뭐니?"

이웃이고 나쁜 사람처럼 보이지 않았기에 마사미는 이름을 댔다.

"아, 알겠다, 알겠어. 그 집이구나. 그래, 마사미라고 하는구나. 형제는 있니?"

"아뇨, 없어요."

"그렇구나. 외롭겠네."

마사미가 고개를 갸웃거린 채 가만히 생각하고 있는데,

"마사미, 무슨 일이니?"

뒤에서 엄마 목소리가 들렸다.

"엄마."

아줌마는 얼굴이 잠깐 굳었으나 곧바로 다시 쭈글쭈글 웃는 얼굴로 설명했다.

"이렇게 땀을 흘리고 있기에 가여워서요. 차라도 마시고 가라고 하던 중이었어요. 그런데 아주 야무지네요. 집이 바로 요 앞이라고."

"그래요? 감사합니다. 그럼 실례할게요."

엄마는 마사미의 손을 힘껏 당겨 빠른 걸음으로 자리를 떠났다. 평소와 다른 엄마의 모습이 이상했던 마사미는 물었다.

"엄마, 왜 그래?"

"뒤돌아보지 마. 곧장 앞만 보고 걸어."

엄마의 말에 마사미는 심상치 않은 낌새를 느끼고는 긴 장한 채로 집까지 걸어갔다.

"엄마, 왜 그래? 이웃을 만나면 맨날 도란도란 이야기하 잖아."

복도를 지나 주방으로 들어간 엄마가 대답 대신 말했다.

"가방 내려놓고 손 씻어. 간식 있으니까."

마사미는 시키는 대로 손을 씻은 다음 식탁 의자에 앉았 다. 과일젤리와 작은 컵에 든 오렌지주스가 눈앞에 놓였 다.

"와아."

마사미는 눈앞의 간식에 시선을 빼앗겨 먹는 동안 잠시 세토 씨와의 일은 잊고 있었다. 주스를 다 마시고 난 다음 물을 마시며 다시 물었다.

"엄마, 대체 왜 그랬어?"

"음."

엄마는 젤리를 떠먹은 스푼을 입안에 넣은 채로 신음소 리를 냈다.

"응? 엄마 말해 줘."

엄마는 잠자코 있었다.

"아버지가 오면 설명할 테니까 지금은 기다려."

그 대답이 불만스러웠으나, 마사미는 얌전히 기다렸다.

그날 밤 엄마는 눈앞에서 혼자 저녁밥을 먹는 아버지에게 낮에 있었던 일을 이야기했다.

"마사미를 집 안에 들이려 했었다니깐. 악의 없이 친절하게 말을 건넸기야 했겠지만……."

"거참, 난감하네."

목욕을 끝낸 마사미는 잠옷 차림으로 기둥 뒤에서 부모의 모습을 살피고 있었다. 두 사람은 소곤소곤 작은 소리로 이야기를 나누고 있었다. 이따금씩 "아이에게 말을 걸다니", "확실하게 말해 두는 게 좋으려나" 하는 소리가 들려왔다. 마사미는 이유를 꼭 들어야겠다고 생각해서 종종걸음으로 가까이 다가가 물었다.

"엄마, 낮에 왜 그랬어?"

"그게 말이야, 그 집은 네 아버지나 엄마도 잘 모르는 신을 믿고 있어. 나쁜 아줌마는 아니지만, 그 집에는 들어가고 싶지 않아."

" '아버지나 엄마도 잘 모르는 신' 이 뭐야?"

"음, 어떻게 설명해야 좋을까⋯⋯."

엄마가 오른손으로 머리를 비비자 아버지가 입을 열었다.

"좌우지간 마사미는 친구 집도 아니니까 말을 걸어와도 남의 집에는 함부로 가는 거 아니다. 알았니?"

마사미는 이해할 수 없었지만 딱히 놀러가고 싶은 집도 아니었기에 알았다고 대답했다.

그로부터 얼마 뒤 학급위원인 동급생 히토미가 갑자기 한숨을 쉬며 말했다.

"또 우리 집에 세토 씨라는 아줌마가 찾아와서 엄마가 괴로워해."

히토미는 키가 크고 공부도 운동도 잘해서 같은 나이인데도 마치 언니 같았다. 세토 씨가 그 할아버지 사진이 걸려 있는 집의 사람이 맞는지 확인하니 역시나 그 아줌마였다.

"왜 괴로운데?"

"너 몰라? 그 집 효로롱교야."

히토미는 효로롱교를 모르는 마사미에게, 효로롱교는 판자 울타리에 걸려 있는 그 사진 속 할아버지를 살아 있는 신으로 여기며 매일 몇 번이나 길고 하얀 천을 휘두르며 효로로~ 하는 피리 소리에 맞춰 제단 앞에서 춤추는 것이 규율임을 알려주었다. 마사미는 아이의 머리로 생각해도 그건 조금 이상했기에 부모가 세토 씨의 집에 가지 말라고 한 이유를 알 것 같았다.

"우리 엄마를 끈질기게 꼬드겨. 며칠 전에는 엄마도 화가 나서 말다툼을 했잖아."

"흠, 나도 학교 끝나고 집에 가는 길에 아줌마가 자기 집에 가자고 했었어. 보리차랑 주스가 있다면서."

"그래서 어떻게 했어?"

"때마침 엄마가 장보고 오던 길이어서 엄마랑 집으로 돌아갔지."

"다행이네. 집에 들어갔다면 마사미 너도 아줌마한테 붙잡혀서 분명 효로로~ 하고 춤춰야 했을걸."

'천만다행이다.'

보리차와 주스의 유혹에 넘어가지 않은 자신이 정말로
장하다며 스스로를 칭찬했다.

히토미는 학교에도 효로롱교를 믿는 아이가 있다는 사
실을 알려주었다. 마사미는 같은 반의 까까머리 다쿠라는
남자아이의 집이 그렇다는 것을 알게 되어 놀랐다. 그는 운
동회의 영웅으로, 상급생들도 달리기로는 대적하지 못했
다.

"세토 씨는 이 일대 효로롱교의 우두머리라서 다쿠도 꼬
드김을 당해 분명 그대로 들어간 거야. 다쿠네 엄마, 좀 약
해 보이잖아. 그래서 당한 거라고 우리 엄마가 그랬어. 매
주 세토 씨 집에서 집회가 있는데 다 같이 춤을 춘대."

마사미는 그 모습을 보고 싶기도, 보고 싶지 않기도 한
듯한 이상한 기분에 사로잡혔다. 아줌마가 말을 건 이후로
학교에서 돌아올 때면 모퉁이를 돌기 전에 슬쩍 세토 씨 집
을 살폈다. 아줌마의 모습이 보이면 다른 길로 돌아서 집

에 갔다. 그 이후로 집 앞에서 마주치는 일은 없었지만, 맞닥뜨리기 싫어서 집 앞을 지나갈 때면 전력 질주했다. 아무 일 없이 모퉁이를 돌게 될 때마다 아, 오늘도 안 마주쳐서 다행이다, 하며 가슴을 쓸어내렸다. 하지만 히토미가 말한, 집 안에서 효로로~ 하는 피리 소리에 맞춰 춤을 추는 모습을 한 번 보고 싶었다.

히토미에게 그 이야기를 하자,

"그런 거 봐서 뭐하게. 아무 쓸모도 없는 거."

라고 딱 잘라 말하기에 마사미는 풀이 죽었다. 그러나 학예회에서도 하지 않을 법한 춤을 열심히 추는 어른과 아이는 대체 뭘까 싶어 흥미가 가시지 않았다.

엄마에게 그 이야기를 하니,

"신이나 부처를 강하게 믿는 사람들은 그렇지 않은 사람들 입장에서 보면 상상도 못할 일을 해."

라고 했다. 옛날에는 산 채로 미라가 되는 스님도 있었고, 형벌을 받아 불태워져도 신을 위해서라면 목숨을 내놓는 사람도 있었다. 그래서 음악에 맞춰 춤추는 정도의 일은 당연하다는 거다.

"와아."

"미안하게도 이 엄마는 그런 사람들의 마음을 이해할 수
없지만."

그러면서 크게 하품했다.

그래도 마사미는 집회의 모습이 궁금했다. 섣불리 발을
들여놨다가는 아줌마에게 붙잡혀 아무리 발버둥 쳐도 놓
아주지 않고,

"호호호, 이로써 너도 효로롱교에 들어왔군."

하며 억지로 춤을 시킬지도 모른다. 상상하다 보니 등이
서늘해졌다. 하지만 궁금해서 견딜 수 없었다. 밖에서 엿볼
방법이 없을까, 하고 세토 씨 집 앞을 전력 질주할 때마다
슬쩍 집을 쳐다보았다.

어느 일요일 오전, 심심해서 동네를 어슬렁어슬렁 걷고
있는데 피리 소리가 크게 들려왔다.

'아, 효로롱이다.'

닌자처럼 울타리를 따라 세토 씨 집으로 다가가니 현관

과 창이 활짝 열려 있었다. 현관을 살피자 많은 남자, 여자, 아이의 신발과 샌들로 꽉 차 있었다. 창으로 조심히 실내를 살피는데 흰 천을 손에 들고 마치 체조 선수처럼 빙글빙글 도는가 하면, 문어 같은 동작을 하고 있는 아이가 있었다. 다쿠였다. 학교에서는 보여 주지 않는 진지한 얼굴이었다. 그 외에도 남녀 어른이 마찬가지로 이상한 춤을 추고 있었다. 그리고 세토 씨는 머리에 머리띠처럼 흰 천을 동여매고서 누구보다도 힘차게 춤을 추고 있었다. 집 안에 그렇게 사람이 많은데도 누구 하나 마사미가 몰래 엿보고 있다는 사실을 알아차리지 못했다. 전력 질주로 그 자리를 벗어나는데 어찌나 조마조마하던지 자빠질 것 같았다.

아무리 세토 씨와 연루되고 싶지 않아도 이웃이다 보니 얼굴을 마주치게 된다. 얼굴은 알고 있어도 친하지 않으면 만날 때마다 인사는 하지 않을 텐데, 세토 씨는 달랐다. 안면만 있어도 얼굴을 꾸깃거리며 달려와 말을 걸었다. 마사미도 중학교를 졸업할 때까지 몇 번인가 그녀에게 인사 공격을 당했다.

"많이 컸구나", "어느 학교에 다니니?", "공부 열심히 하니?" 하고 물어왔는데 그럴 때마다,

"안녕하세요. 그럼 실례하겠습니다."

하고는 빠른 걸음으로 자리를 떠나는 방법을 취했다. 그러면 아줌마는 잠시 들러붙지만 오 미터를 지나면 쫓아오지 않았다. 그 오 미터가 승부라고 생각한 마사미는 최선을 다해 그녀로부터 도망쳤다.

마사미는 성장하면서 종교의 의미도 알게 되었으나 자신과는 관계없는 이야기였다. 확실히 제사 때는 절에 갔지만 그렇다고 해서 불교 신자는 아니었다. 세토 씨의 이야기를 하니 고교 동급생 중에도 종교 강요로 괴로워하던 아이가 있었다. 아르바이트하는 곳의 선배로 정말 좋은 사람이었는데 친근하게 다가오기에 경계하지 않고 이야기를 나눴더니 결국에는 종교 강요가 목적이었다고 했다. 젊은 여자를 종교에 꼬드길 때는 젊은 남자를 이용한다는 이야기를 들었을 때는 화가 다 났다.

"심하네."

"종교를 믿는 건 자기 자유지만 타인에게 피해는 주면 안 되지."

마사미와 친구는 의견 일치를 봤지만, 동급생 중에는 신흥종교에 들어간 아이도 있어서 대놓고 말하지는 못했다.

엄마도 마사미에게 세토 씨의 꼬드김 때문에 곤란했던 경험담을 이야기해 주었다. 당시 신혼의 젊은 부부였던 부모 집에 찾아와서는 집요하게 꼬드겼더랬다.

"앞으로 행복한 생활을 보낼 수 있어요."

"종교에 들고서 이혼하면 책임질 건가요?"

그렇게 말하며 무시했는데 엄마가 임신하자 다시 찾아와서는,

"신을 받들면 건강한 아기가 태어나요. 안 그러면 어떤 문제가 일어날지 몰라요."

그런 반 협박에 가까운 말을 내뱉어, 그렇지 않아도 초산이라 불안한데 무례하다며 아버지가 격노하여 내쫓았다고 한다. 그러고 나서 한동안은 아무 일도 없다가 길에서 마사미를 발견하고 말을 걸었던 참에 운 좋게 엄마를 만

난 거였다.

"꽤 오래전부터 그랬네."

"그래. 여기로 이사 오고서부터야."

"신자마다 전도 할당량 같은 게 있는 건가?"

"그야 모르지만 많이 전도한 사람이 신의 총애를 받는 거 아닐까?"

세토 씨에게 피해를 입은 건 물론 마사미네 가족만이 아니다. 이웃에 출산, 입시, 취직, 결혼, 병, 장례 등의 일이 있으면 곧바로 그 집에 찾아가서는,

"효로롱교의 신을 받들지 않으면 나쁜 일이 일어나고 죽으면 지옥에 떨어져요. 하지만 신을 받들면 현세도 내세도 대대손손 평안합니다."

라고 해대며 동네를 빠짐없이 수색하는 행동을 하고 다녔다. 장례식 때도 제일 먼저 달려가기 때문에 꼬드길 봉을 찾고 있으니 친족보다도 빨리 온다고 평판이 나 있었다. 긴지로의 아내, 긴코 씨의 장례식에서 보이지 않았던 이유는 꼬드기러 왔다가 서슬 퍼래진 긴지로에게 엄청나게 욕을

얻어먹고 죽도를 휘두르는 통에 쫓겨났다는 게 긴지로 옆집에 사는 사다코 씨 정보였다.

세토 씨가 타인의 가정의 약점을 이용하여 집요하게 꼬드겨도 대부분의 이웃들은 거부했으나, 아픈 사람이 있는 집이나 큰 고민거리를 안고 있는 집은 세토 씨의 꼬드김에 이끌려 흰 천을 나풀거리며 춤을 추게 되었다.

"야마카와 씨 말로는 효로롱교는 툭하면 돈을 내게 한다네."

"뭐야, 그걸로 돈 버는 거야?"

"조금은 본인한테도 들어오겠지만 대부분이 신에게로 가잖니. 보통 그런 조직은 가장 윗자리가 이익을 보니까."

세토 씨의 말을 믿고 춤을 췄는데도 가엾게도 환자는 죽었고, 고민 있던 사람도 사태가 오히려 심각해졌다는 듯했다.

"그럼 거짓이잖아."

"아냐. 그런 사람들은 성실하기 때문에 자신의 신념이 부족해서라고 여겨서 더욱더 빠져든대."

"에고."

마사미는 세토 씨가 왜 효로롱교를 믿게 되었는지 궁금해서 그 이야기를 엄마에게 살짝 했더니 또다시 야마카와 씨가 정보를 가져왔다. 그 정보는 세토 씨네 옆집 아줌마에게서 들은 이야기였는데, 세토 씨의 남편은 결혼하고 5년 뒤에 교통사고로 죽었다. 아들이 아직 두 살밖에 안 된 터라 일을 해야 하는 상황이었는데 어린 아이가 딸린 여성을 고용해 주는 곳은 없었다. 하지만 지인이 아이를 회사에 데리고 와서 일해도 되는 곳이 있다며 소개해 주어 그곳에 취직했다. 그런데 그 사장 일가가 효로롱교의 열성적인 신자였고, 그대로 입교하게 되었다고 한다.

세토 씨 말로는 병약했던 몸도 건강해지고 아이도 튼튼하게 성장했다. 학교에 다니면서는 성적도 좋아 자랑스러운 아들이었으나 중학생이 되자 돌변해서 불량해졌다. 그래서 더욱 열심히 춤을 췄더니 아들이 마음을 고쳐먹고 다시 공부하기 시작해 국립고등학교, 국립대학에 진학하여 공무원이 되었다. 그리고 효로롱교의 소개로 신자의 딸과 결혼하여 행복하게 살고 있다고 한다. 활동에 열성적인 모습에 효로롱교 안에서 세토 씨의 단계가 올라가 지금은 회사를 그만두고 효로롱교에서 급여를 받고 있다는 이야기였다.

"전─부 신의 덕분."

세토 씨는 옆집 아줌마에게 늘 그렇게 자랑했다고 한다. 하도 집요하게 꼬드겨 대니 옆집 아줌마가 화가 나서,

"당신, 이 이상 끈질기게 굴면 때릴 거야."

라며 소리치자 조용히 하더란다. 하지만 옆집이라서 얼굴을 마주치면 항상 자신이 얼마나 행복한지 자랑한다. 덧붙여 세토 씨 며느리가 아주 미인인 듯했다.

"본인이 행복하면 됐네. 그래도 남한테 강요하면 안 되지."

"그런 사람들은 원래 이런 행복을 타인에게도 느끼게 해주고 싶어서라는 논리를 내세우기 마련이니."

"흠. 호의인 것처럼 슬쩍 돌리는 부분이 마음에 안 들어."

마사미가 욱하자 엄마는,

"그렇지, 결국에는 자신들의 신자를 늘리기 위해 부추기는 거니까. 속아 넘어가면 안 돼."

신자에게는 절약을 권하면서 연 수입의 최저 몇 퍼센트를 신에게 헌납하는 시스템으로 되어 있다는 것도 알게 되었다. 세토 씨는 마사미가 태어나기 전부터 꼬드기는 일에 힘쓰며 사십 년 이상이나 종교 활동을 하고 있다. 행복하다고 말하지만, 밖에서 본 바로는 집은 낡았고 입고 있는 옷도 마사미가 어릴 때 봤던 옷과 달라진 게 없으며 무엇보다 세토 씨의 표정이 전혀 행복해 보이지 않았다. 정말로 은총이 있는 건지 의문이었다.

얼마 뒤 세토 씨 집의 판자 울타리가 콘크리트 담장으로 바뀌었다. 거기에는 창이 설치되었고 예의 대머리에 길고 흰 턱수염이 난 할아버지 사진이 이전 것보다 네 배나 큰 크기로 걸렸다. 그리고 '안 믿으면 지옥에 떨어진다. 믿는 자는 천국행', '다른 종교는 사이비다'와 같은 문구들이 적힌 종이며 집회 일정도 붙어 있었다.

"울타리만 하지 말고 집도 좀 수리하지. 신도 구두쇠네."

엄마는 어이없어하며 말했다.

세토 씨의 꼬드김에 관해서는, 꼬드김에 넘어간 집 이외의 이웃들은 민폐로 여겼다. 그녀가 나는 행복하다고 지나치게 떠들어 대니 세토 씨가 집 앞에서 넘어져 골절상을 입었을 때,

"이상하네. 매일 그렇게 신을 받드는데 그런 일이 일어나다니."

하며 비아냥대는 말도 귀에 들렸다. 그럼에도 그녀가,

"본래라면 전치 두 달이었는데 역시 신의 힘은 대단하죠. 한 달 만에 퇴원했어요."

라고 자랑을 해 대기에 그 말을 들은 사람이,

"하루 만에 퇴원했다면 또 몰라도, 한 달은 보통이지, 뭐."

하며 쓴웃음을 지었다. 세토 씨는 긍정적인 생각을 이어 나갔으나 그에 비해서는 여전히 행복해 보이는 분위기가

전혀 느껴지지 않았다.

이웃 주민이 결혼하거나 아프면 부르지도 않았는데 집을 방문하고, 장례식이 있다는 소식을 들으면 유족이나 고인과 면식이 없는데도 제일 먼저 달려간다. 그런 세토 씨 입장에서 보면 마사미는 더할 나위 없는 표적이었다. 결혼도 안 했지, 마흔이 넘어서도 부모와 살고 있지. 그래서 세토 씨의 집 앞으로는 지나가지 않도록, 최대한 그녀에게 발각되지 않게끔 계속 주의했다. 실제로 그녀의 모습을 몇 번인가 봤지만, 다행히 그녀는 알아차리지 못했다. 안도하는 반면, 아무리 시간이 지나도 입 밖으로 내는 소리와는 정반대로 전혀 행복해 보이지 않는 세토 씨에게 묻고 싶어졌다.

"대체 왜?"

어쩌면 세토 씨는 주위에 떠들면서 자신에게 행복을 주입시키고 있는 것은 아닌가라는 생각밖에 안 들었다.

"신앙은 타인이 이러쿵저러쿵 관여할 문제도 아니거니와, 어찌됐건 타인을 불쾌하게 하는 행동은 그만하면 좋겠다."

이것이 이웃 중 신앙이 깊지 않는 사람들의 일치된 의견이었다.

옆집 아줌마에게 심하게 거절당한 이후로 세토 씨가 잠잠해졌다는 이야기 덕분에 자신이 강하게 나가면 집요하게 굴지 않을 거라고 생각한 마사미는 자신감을 가졌다. 젊을 때는 곤란한 일이 일어나도 클레임을 걸면 상대도 상처받을 테고 자신도 미움받는 건 싫으니 꾹 참던 시기도 있었으나, 요즘에는 나이 탓도 있는지 배짱이 두둑해져 회사에서도 상사에게 자신의 생각을 똑 부러지게 말할 수 있게 되었다. 그래서 이미 연령적으로는 노인으로 구분되는 아줌마 세토 씨에게는 무슨 말을 들어도 이길 수 있을 것 같았다.

퇴근 후 역에서 집으로 돌아가는 길, 마사미는 세토 씨집 앞을 지나갔다. 그날은 회사의 팀 프로젝트에 실수가 있어 대처 방안에 대해 계속 회의를 했던 터라 머리가 멍했다. 대체 어떻게 된 일이지, 한참 생각하며 걷고 있는데 누가 마사미의 손목을 힘껏 잡았다.

"으앗."

깜짝 놀라 돌아보니 거기에는 마치 복싱 프로모터 돈 킹처럼 백발이 위로 뻗친 세토 씨가 있었다.

"우후후, 안녕."

너무나도 갑작스러워 마사미는 말이 안 나왔다. 세토 씨는 예전 그대로 주름투성이의 얼굴을 꾸기며 웃고 있다. 마사미는 깜짝 놀라면서도 그녀의 얼굴을 쳐다보며 냉정하게 분석했다.

'늙었네.'

"안, 안녕하세요. 무, 무슨 일이세요, 대체?"

마사미는 손목을 잡고 있는 세토 씨의 손을 뿌리쳤다.

"안녕."

안녕은 알았다니깐. 어이없어하며 그녀의 얼굴을 쳐다보니 바지락 같은 눈으로 물었다.

"너, 행복하니?"

"네."

"정말로?"

"정말로요!"

마사미는 욱했다. 당신이 훨씬 불행해 보여. 속으로 그렇게 되받아쳤다.

"스스로를 속이는 거 아니니? 들리는 말에 의하면 결혼도 아직 안 했다면서?"

"그게 무슨 문제라도 있나요?"

여기서 조금이라도 주눅 들면 사정없이 파고들 것 같아서, 의식하며 힘껏 허리를 앞으로 내밀었다.

"무슨 문제라니……. 기억나니? 이 아줌마가 아직 초등학생인 너에게 말 걸었던 일. 주스 안 마실래, 하고 물었었지."

"아, 그랬어요?"

마사미는 애매하게 대답했다.

"그때 이 아줌마 집에 왔었다면 이 나이 되도록 독신으로 있지는 않았을 텐데. 부모도 걱정하고 한탄하시지?"

"아ー뇨. 전혀요!"

마사미는 단호하게 잘라 말했다.

"어머, 얘. 네가 태어나기 전에 너희 집에 방문했었는데 부모들도 신앙이 없는 사람들이었지. 그래서 이 모양이 된 거야."

"이 모양이란 게 뭔데요?"

"나이 먹고도 결혼 못하는 일이지."

"못하는 게 아니고 안 하는 겁니다. 관심 끄세요."

마사미가 돌아가려 하자 위로 뻗친 백발의 세토 씨가 들러붙어서 설교를 시작했다.

"그건 인간의 도리에 어긋나는 일이야. 사람으로 태어난 이상 상대를 찾아 자손을 남겨야 돼. 그것이 이 세상에 태어난 자의 의무야."

"아, 그래요? 우리 가족은 모두 지옥에 떨어져도 상관없다고 생각하니까 제발 관심 끄세요."

"세상에, 그런 무서운 말을."

세토 씨는 양손으로 자신의 몸을 껴안으며 과장되게 몸서리를 쳤다.

"안녕히 가세요."

마사미는 성큼성큼 그 자리를 떠났다.

"너는 지옥의 진정한 무서움을 몰라. 상상을 초월하는 공포야. 정말로 고통스럽다고. 그런 말 하면 벌 받을 거야."

등 뒤로 들리는 세토 씨의 목소리에,

"당신이 지옥보다 더 무섭네요."

라고 중얼거리며 서둘러 집으로 향했다.

평소에는 집에 돌아오면 가능한 부모와는 이야기를 안 하려 하는데, 그날 밤에는 식사를 마치고 잠옷 차림인 엄마를 붙잡고서 세토 씨와의 일을 이야기했다.

"어머나, 집 앞에서 잠복하고 있었나."

엄마는 새하얀 팩을 붙인, 바보 같은 얼굴로 어처구니없어했다. 기원에서 돌아온 아버지는 변함없이 바둑책을 손에서 놓지 않았다.

"그야 모르지만. 머리카락이 돈 킹처럼 위로 뻗쳐서는, 진짜 이상해."

그 순간 아버지가 책에서 얼굴을 들고는 "와하하하." 하고 웃으며 말했다.

"그립네, 돈 킹. 마이크 타이슨과 옥신각신했었지."

"백발이 곤두서 있었던 건 춤을 춘 직후여서가 아닐까?"

팩을 한 상태라 제대로 입을 움직이지 못하는 엄마는 담담한 말투였다.

"민폐지, 완전 민폐. 인간의 도리에 어긋난다는 말까지 들었어."

"아, 그건 심했네."

엄마가 마사미의 편을 들어주고는 있지만, 진정으로 들어준다는 실감은 안 느껴진다.

"독신을 마치 해서는 안 되는 일처럼 말하잖아. 그나저나 어떻게 알았을까?"

"그거야, 우리가 남의 가정사를 아는 것과 마찬가지로 남도 우리에 관해 알고 있는 거지."

엄마는 팩을 떼어 내며 하아~ 하고 한숨을 쉬었다. 그렇구나. 마사미는 낙담했다.

"이웃이란 원래 그런 거야. 오히려 세토 씨라서 다행

이지, 뭐. 이상한 사람이었으면 살아남지 못했을지도 몰라."

금품이나 목숨은 빼앗기지 않았어도, 갑자기 손을 붙잡고 늘어놓는 설교에 경악하고 불쾌해진 내 기분은 어떻게 보상받느냐고 따지고 싶다.

"그런 사람에게는 무슨 말을 해도 소용없어."

"그렇다고 매번 당하는 것도 화나잖아."

마사미가 얼굴을 찌푸리자 엄마는 양손을 올려,

"마사미, 이렇게 해 봐, 이렇게."

하더니 허리를 비틀며 흔들었다.

"세상의 짜증나는 일은 이렇게 요리조리 잘 빠져 나가면 되는 거야."

엄마는 분위기를 탔는지 잠옷 차림 그대로 살랑살랑 허리를 흔들어 댔다. 아버지는 그런 엄마에게 무관심이었다.

"네네, 알았다고요."

마사미는 일단 대충 대답한 뒤 방으로 들어갔다. 세토 씨는 살랑살랑 작전으로는 퇴치할 수 없다. 다음에 또 그러면 그때야말로 꼭 이야기를 매듭짓겠노라고 마사미는 묘한 의욕이 생겼다.

집주인 밤바 씨

누가 이름 지었는지 모르겠으나 '절규의 숙소'라고 불리는 아파트가 있다. 마사미의 집에서 조금 떨어져 있는 그 아파트는 5년 정도 전, 밤바 씨가 자택을 수리해 세로로 나누어 남측의 1, 2층을 밤바 씨네 집, 북측의 1, 2층을 '밤바 하우스'라는 이름의 임대 건물로 해 놓았다. 야마카와 씨를 통한 마사미 엄마의 이야기에 따르면 밤바 씨는 이공계 회사에 근무하던 엔지니어로 그 회사에서 아르바이트하던 아내를 만나 결혼했다. 딸과 아들은 두 자녀 모두 가정을 이뤄 출가했고, 밤바 씨가 예순다섯이 된 것을 계기로 지은지 30년 된 분양주택을 수리해 노후 대비로 마련했다고 한다.

마사미가,

"야마카와 씨가 자기 멋대로 지어낸 얘기 아냐?"

하고 의심하자 엄마는,

"밤바 씨의 아내에게 똑똑히 들었다는 모양이야. 야마카와 씨는 바지런히 정보를 모으는데 신기하게도 지금껏 거짓은 없었어. 얘, 그거 대단한 거야."

하며 감탄했다. 분명 그녀가 항상 손에 쥐고 있는 수수께끼 같은 빗자루가 거짓의 진위를 판단하고 있는 거라 마사미는 확신했다.

왜 밤바 하우스가 '절규의 숙소' 라 불리느냐면 1층과 2층에서도 아기와 유아의 울음소리, 절규가 들려오기 때문이었다. 예전에는 동네 여기저기에서 들려왔는데 아이가 줄어든 데다 조용한 주택지여서 아앙 하고 큰 소리로 울면 온 동네로 울려 퍼진다. 아기나 유아는 우는 것이 일과 같은 거라서 오히려 울지 않으면 걱정이지만, 정도가 지나치면 클레임의 폭풍우가 휘몰아친다.

여름의 어느 토요일 오전, 마사미는 엄마와 함께 역 앞에 장을 보러 나갔다. 본래라면 선선한 시간대에 나가고 싶었으나, 저녁부터 호우와 천둥 예보가 있던 터라 하는 수없이 오전 중에 장을 보기로 하였다. 둘이서 눈에 들어오는 동네의 풍경을 바라보면서,

"풀들이 제법 자랐네."

"여기 이 집, 창고 새로 했네."

라고 잡담을 나누며 걷고 있는데 아기의 절규가 들려왔다. 칭얼거리며 운다기보다 큰 소리로 힘껏 아우성친다는 것을 아이를 가진 경험이 없는 마사미도 알 수 있었다.

"소리 엄청 크네."

걸어갈수록 소리가 점점 커졌다. 도로를 따라 난 집에서는 활짝 열린 창을 탁 닫는 소리도 들려왔다.

"요즘 같은 날씨엔 다들 창을 열어 두는데 이웃들이 힘들겠네. 그래도 아기가 우는 건 어쩔 수 없는 일이지. 모두 그렇게 성장하는 거고."

그 어마무시한 울음소리가 들려오는 밤바 하우스의 2층 베란다를 올려다보니 세탁물이 널려 있고 창은 활짝 열려 있었다.

"아까부터 우는 소리가 전혀 안 변하네. 보통은 안아 주면 울음을 멈추거나 우는 소리도 바뀌는데."

엄마는 아이를 키운 경험이 있는 사람만이 아는 얘기를 늘어놓으며 슈퍼마켓으로 향했다.

두 사람이 각기 양손에 장바구니를 들고 돌아오는 길, 또다시 아기의 절규가 들려왔다.

"어머, 아까 그 아기인가?"

점점 울음소리가 커진다.

"계속 울어 댔을까? 대체 무슨 일이지?"

엄마가 아파트 밑에 멈춰 서서 뭔가 말하고 싶은 얼굴로 2층을 올려다보기에 마사미도 옆에 멈춰 서 있는데 바로 옆 1층의 열린 창으로 남자아이의 절규가 들려왔다.

"싫-어."

귀청을 찢는 듯한 음량이다.

"그만 못 해?"

엄마인 듯한 여성의 꾸짖는 소리는,

"싫어-, 싫어-, 싫어-."

하고 집요하게 반복되는 그 소리에 흔적도 없이 사라졌다. 네 살 정도의 남자아이가 짜증을 부리며 장난감 자동차를 창밖으로 죄다 던지기 시작해 유리가 깨질 듯했다.

"1층도 엄청나네."

두 사람은 빠른 걸음으로 그 자리를 벗어났고 집에 가까워져 등 뒤의 절규가 멀어지자 마사미는 숨을 내쉬었다.

만약 자신이 저런 환경에 놓였다면 못 견딘다.

"한 인간을 키운다는 게 보통 힘든 일이 아니라는 건 알지만, 나는 자신 없어."

집에 돌아와 그렇게 말하자 엄마가 말했다.

"모두가 마사미 너처럼 어렵게 생각하진 않아. 이것저것 너무 생각하면 무서워서 아이 못 낳아. 아이를 원하는 사람은 모든 걸 감수하고 있을 테고, 그렇지 않은 사람은 어려운 건 일절 생각 않고 아이가 생기면 낳아 키운다는 식이지 않을까?"

"엄마는 어땠는데?"

"나야 아이를 원했으니까. 네가 태어났을 때 정말 기뻤지. 그런데 아무리 원해도 생기지 않는 사람도 있고, 원치 않는데 생기는 사람도 있어. 신이 내려 주시는 거니 우리 생각대로 잘 안 되는 법이야. 나도 가능하면 한 명 더 있었으면 했지만."

"흠."

마사미는 아이를 좋아하지도 싫어하지도 않는다. 학창 시절 친구들 중에는 아이만 원한다며 싱글맘을 선택한 친구도 있지만, 자신은 그런 마음은 들지 않았다. 그런 생각을 하며 엄마와 나란히 채소를 씻고 있는데 엄마가 불쑥 말했다.

"아까 그 울음소리, 그건 좀 심했어. 아기 엄마는 무슨 일이려나?"

"30분 넘게 계속 그렇게 큰 소리로 울었을까?"

"보통은 그렇게 안 울 텐데."

마사미는 단순히 오래 운다는 정도로 생각했으나, 아이를 키운 엄마에게는 이해할 수 없는 일이었던 모양이다.

마사미가 출근하는 시간대에 밤바 하우스에서 아기의 절규가 들려오는 경우는 있었지만, 밤에 퇴근할 때 들린 적은 없다. 그러나 1층의 남자아이가 꺼억꺼억 하고 우는 소리는 몇 번인가 들었다. 분해서 발을 동동 구르는지, 난폭한 소리가 바깥까지 들려온다.

"그 어린 아이가 밤 9시 넘어서도 날뛰는 건 대체 뭐 때문일까?"

하며 고개를 갸웃거렸으나 미경험의 분야라서 상상이 안 됐다. 확실하게 알 수 있는 건 이웃들은 참 시끄럽겠구나, 하는 것뿐이었다.

낮에 집에 있는 마사미의 엄마는 밤바 하우스 앞을 지나갈 때마다 아기와 유아의 울음소리며 절규를 여러 번 들었다.

"아이는 원래 다른 아이가 울면 무슨 이유에선지 따라 울기 시작하는데. 그래도 저건 좀 심하네."

걱정이 된 엄마는 이러니저러니 말하면서도 동네 소식통 야마카와 씨의 정보에 의지했다.

그리고 밤바 씨의 옆집 아줌마가 야마카와 씨에게 시끄러워서 못 살겠다고 푸념을 늘어놓다가 '절규의 숙소'의 불가사의 한 가지가 밝혀졌다.

2층의 아기 울음소리가 하도 연일 어마무시해서 옆집 아줌마도 대체 부모는 뭘 하는 건지 걱정이 되었다고 한다. 그날도 계속 울어대서 밤바 씨 댁을 찾아가 물었다고 한다.

"아기가 맨날 큰 소리로 저렇게 울어대는데 괜찮나요? 요즘 여러 사건들도 있고 하니."

"사십 대 부부가 살고 있는데, 울음소리는 저희도 걱정하고 있어요."

밤바 씨의 아내와 그녀 둘이서 아파트 계단을 올라갔다. 아기의 울음소리는 변함없이 계속되고 있었다. 아내가 방을 노크했다.

"네에."

어쩐지 나른한 소리가 들리더니 문 옆의 주방 창으로 방

문자를 확인하는 기척이 있은 후 문이 열렸다. 아기 엄마는 더워서인지 화장기도 없고, 고개를 숙이자 가슴부터 배까지 내려다보일 듯한 네크라인이 큰 롱 원피스를 입고 있었다. 문이 열리자 아기의 울음소리가 더욱 커졌다.

"저기, 아기가 계속 우는 것 같은데 괜찮나요?"

밤바 씨의 아내가 말을 걸었다.

"아, 네, 괜찮습니다."

아기 엄마는 안쪽으로 눈을 슬쩍 돌리더니 태연하게 말했다.

"그렇지만 몇 시간이고 계속 울어대잖아요. 어디 아픈 거 아닌가 해서. 공연히 참견해서 미안해요."

옆집 아줌마가 끼어들었다.

"우리 애가 원래 그래요."

"아무리 울어도 수유를 하면 안심해서 잠들거나 안아 주면 울음을 멈출 텐데."

"저희는 우유를 먹여서요."

"아, 그래요?"

"모유는 나오는데 지금 더우니까 안아 주고 싶지 않아서 분유를 먹이고 있어요. 안으면 울음을 멈추지만, 너무 더워서요. 울음을 멈출 때까지 놔두고 있어요."

"어머, 에어컨은?"

"제가 에어컨을 별로 안 좋아해서요. 정말이지 아기는 안으면 너무 더워요."

그렇게 말하며 그녀는 성가시다는 듯이 헤어밴드로 고정한 머리카락을 긁었다.

어이없는 대답에 두 사람은 잠시 말문이 막혔다.

"아기는 엄마만 의지하는데, 안아 주지 않으면 가엾잖아요. 어려운 일 있으면 뭐든 물어봐요."

작은 충고와 친절함을 보였다고 생각했으나, 특별한 대답도 없이 아기 엄마에게,

"그럼 이만."

이라는 소리를 들은 채 몽롱해진 머리로 계단을 내려왔다고 한다. 그 후 두 사람은 주인 밤바 씨의 집에서 '말도 안 되는 일이다', '믿기지 않는다', '아기보다 자신만 생각하

지 않느냐' 하며 육아 경험자로서 분노를 주고받았다고 한다.

그 이야기를 들은 엄마도 분개했다. 경험이 없는 마사미도 그건 심하다고 생각했다. 조금은 스킨십을 해도 좋을 텐데. 아무리 그렇다고 아기가 우는데 그리 태연할 수 있을까, 하고 엄마에게 물었다.

"안아 주는 버릇하면 자꾸 울며 보채니까 버릇 안 들이려 그런다고는 하던데, 아기가 아직 어리잖니. 아기가 안아달라는데 그냥 내버려 두다니, 불쌍해라. 그렇지만 육아에는 부모 각자의 방식이 있으니. 생명이 위험하다면 다른 문제겠지만, 타인이 이러쿵저러쿵하는 것도 한계가 있지."

밤바 하우스 2층의 아기 엄마 이야기가 이웃사람들에게 알려지자,

"우는 아기를 방치하는 엄마."

라고 수군대며 그녀를 차가운 시선으로 바라보았다. 처음에는 그저 아기의 울음소리가 시끄러울 뿐이었는데 그 연유를 알게 되자 이제는 아기 엄마에게로 분노가 향해,

"어떻게 방법이 없을까요?"

하면서 집주인 밤바 씨에게 물었다. 집주인이라도 임차인에게 아기의 육아 방식까지 이래라저래라 간섭할 수는 없다.

"대체 어떻게 하려나. 날이 조금 시원해지면 아기를 안아 주겠지?"

밤바 씨의 아내는 안쓰러울 정도로 마음을 졸였다. 어느 날 또다시 아기가 계속 울어대기에 사정을 알고 있는 이웃 아저씨가 아파트 앞 도로에서 고함을 쳤다.

"거, 아기 좀 안아 줘라!"

그러자 열려 있던 창이 탁 하고 큰 소리를 내며 닫혔다고 한다.

"방법이 없네."

마사미의 엄마는 그 이야기를 듣고 한숨을 쉬었다.

마사미는 회사에 육아 경험이 있는 동료며 선배에게 이 이야기를 들려주었다.

"심정이야 모르는 것도 아니지만, 눈앞에 아기가 있는데 믿기지 않네."

　그렇게 말하는 사람이 대부분이었다. 확실히 여름철에 아기를 돌보는 일은 상당히 힘들다는 사람도 있었고, 보건소 검진 때 여름철에는 아기에게 땀띠가 나면 고생이니 에어컨을 적절하게 사용하라는 말을 들었다는 사람도 있었다.

　"그래도 나는 어지간히 더운 날 아니면 사용 안 했어. 그게, 아기가 땀을 흘리지 않게 되면 생물로서 이상하다고 생각했거든."

　하지만 남편이 에어컨을 하도 켜는 바람에 늘 티격태격했다고 한다.

　"가정 내에서도 그렇게 티격태격하는데 타인의 육아 방식과 양립이 안 되는 건 당연해."

　"육아 방식 운운보다도 그렇게 하는 엄마의 성격이 문제지 않을까?"

　다양한 의견이었다.

　마사미가 가장 수긍 갔던 말은 고령 출산은 역시나 고되다는 소리였다. 그 사람은 출산하기 전에는 자신은 아직 서른여섯밖에 안 됐는데 왜 고령이라 불려야 하냐며 불만이 었는데 육아를 해 보니 알겠더라, 출산 자체는 문제가 없었지만 육아가 부담이 되고 피곤해서 죽는 줄 알았다고 말이다.

"이십 대와 삼십 대의 체력이 다르잖아. 이십 대의 엄마는 어렵지 않게 할 수 있는 것도 삼십 대 후반이 되면 힘에 부치게 돼. 내버려 두는 그 엄마도 문제는 있지만, 사십 대라면 정말로 피곤에 절었을 거야."

아기 때는 수유하랴, 밤새 울어대서 제대로 잠을 못 자고, 유아가 되면 어디로 움직일지 몰라 눈에 불을 켜고 사방을 살피면서 아이를 쫓아다녀야 하니 녹초가 된다고 한다.

"그렇구나."

마사미와 달리 경험이 있는 사람은 바라보는 상황 또한 전혀 달랐다.

흡연이 가능한 술집에 아무렇지 않게 아기나 유아를 유

모차에 태워 오는 젊은 부부도 많다고 한다. 가만히 보고 있으니 누군가가 먼저 아이를 데리고 돌아갈 생각도 하지 않고 밤 10시, 11시까지 죽치고 있더란다. 연배가 있는 남성 손님이 한 차례,

"아기를 이런 곳에 데려오는 것은 정말이지 아니라고 보네만."

이라고 하자 부모가 격노해,

"이 할배가 시끄럽게. 당신하고 관계없잖아."

라고 지껄여 실내가 소란스러워졌다고 한다.

"그러니까, 세상에는 믿기지 않는 사람들이 많아. 그런 사람들 입장에서 보면 애를 집에 두고 올 수 없으니까 데려왔다는 거겠지만."

그들에게는 그들의 이유가 있겠으나 아이에게 있어 그것이 좋은지를 가장 우선으로 생각해야 하지 않나, 하고 부모가 된 사람들은 말했다.

밤바 하우스 앞을 지날 때 아기의 울음소리가 들리면 마사미는 가슴이 아팠다. 아기는 엄마가 안아 주기를 바라는

데 그것을 거절당하고 있다. 친엄마가 자신의 아이가 울부짖어도 무시한다는 사실이 무섭다. 아이가 크면 엄마는 어떤 형태로든 방치한 대가를 받는 것은 아닐까 하는 생각마저 들었다. 그렇다고 피폐한 상태의 엄마에게 무리를 강요하는 것 또한 불쌍하다. 어쨌거나 동네에서는 '절규의 숙소' 앞을 지날 때 아무 소리도 들리지 않으면 모두 안도하며 가슴을 쓸어내리게 되었다. 가짜 울음이 아닌, 아이의 절박한 울음소리는 어른을 불안하게 한다. 마사미는 타인이 아이 엄마의 도움이 못 되고, 아이 엄마도 그것을 바라지 않는 것이 과연 괜찮을까 하는 생각이 들었다.

마사미의 집과는 거리가 있어 '절규의 숙소'로 인한 피해는 없지만, 밤바 하우스 주변에서는 문제가 계속되었다. 고령부부뿐인 세대도 많아 아기의 울음소리에 관해서는 어쩔 수 없는 일이라 단념하고 있다 해도, 1층의 남자아이는 엄마에게 꾸지람을 들으면 화가 치미는지 바깥을 향해 물건을 집어던지는 버릇이 있어, 더군다나 장난감 등의 고체면 그나마 다행인데 자신이 마시던 음료 등을 문이나 창밖으로 쏟아 버린다.

"이놈이!"

때마침 지나가던 사람이 피해를 당해 꾸짖으면 또다시 남자아이가 큰 소리로 울부짖고 엄마는 어찌할 바를 모르는 아수라장이 반복되고 있는 듯했다. 심할 때는 앞집의 블록 담장에 케첩과 마요네즈를 뿌려대는 행동까지 해서 엄마가 양동이와 솔을 들고 와 씻어냈다고 한다. 옛날에는 저런 아이는 부모의 교육이 잘못됐다고들 하였으나, 장애가 있는 아이 중에 그와 같은 행동을 하는 경우도 있으니 만약 그렇다면 자신들이 이해해야 한다며 이웃들이 아이 엄마에게 확인했으나 그렇지는 않았던 모양이다.

"그렇다면 왜?"

이웃들은 다시 부모에게 비판적이 되었다.

단독주택에 사는 이웃과는 왕래가 있으나 아파트 주민과는 없다. 보통 아이의 울부짖는 소리만 들으면 화가 치미는데 그 아이들의 실제 얼굴을 보면 그런 마음이 약해지는 듯했다. 이웃들도 남자아이와는 좋은 관계를 만들고 싶어 마주칠 때면 "안녕" 하고 말을 걸지만, 일절 무시다.

"안녕하세요, 해야지."

그때마다 엄마가 황급히 나무라지만 외면한다. 한동안은 어른들도 싫증내지 않고 마주칠 때마다 인사를 했으나 계속 무시를 당하니, 결국 아무도 말을 걸지 않게 되었다. 아들의 태도 때문에 몇 번이나 머리가 땅에 닿을 정도로 정중히 사과하는 엄마의 모습도 더는 보고 싶지 않았다.

야마카와 씨 정보에 의하면 남자아이의 아빠는 타지에서 일하며 일요일에만 집에 돌아온다고 한다. 그날은 아빠를 만날 수 있다는 기대감 때문인지 남자아이는 기분 좋게 보낸다. 하지만 평일에 엄마와 둘이 있을 때는,

"엄마 정말 싫어."

하고 꽥꽥 소리를 지르며 물건을 집어던진다. 역 앞의 슈퍼마켓에서도 남자아이는 유명한데, 과자를 조르다가 사주지 않으면 바닥에 드러누워 손발을 버둥거리고 떼를 쓰며 큰 소란을 피운다. 엄마도 매번 있는 일이라서 무시하고 다른 매장으로 가면 더욱 큰 소리로 울부짖는다. 주위 사람

들이 깜짝 놀라 쳐다보는데 그중에는,

"저리 매일 시끄러워서야. 얘, 여기서 이러면 안 돼. 엄마는 저쪽으로 갔으니 얼른 따라가거라."

라고 혼을 내는 아줌마도 있었다. 남자아이가 어떻게 할지 지켜보니, 나자빠져 손발을 버둥거리다가 울음을 딱 그치고는 아무 일도 없었던 것처럼 쓱 일어나 엄마 뒤를 쫓아갔다고 한다. 그 일이 다시 동네에 퍼지자 이웃들은 수군거렸다.

"그것 봐, 엄마를 바보 취급하는 거야. 똑바로 가르쳐야 해."

특히 초로의 남성이 "예의범절 교육이 안 되었군.", "애엄마가 너무 오냐오냐하는 거 아닌가." 하며 분개했다. 그들에게도 이미 독립하기는 했지만 아이가 있다. 자신의 아이도 마찬가지로 울부짖던 때가 있었을 테고 손자 또한 놀러 와서 비슷한 행동을 할 텐데, 라고 마사미가 말하자 엄마는 단념한 듯 대답했다.

"엄마는 아이가 울던 것을 기억하지만, 아빠는 기억 못

하잖니. 특히 우리보다 윗세대는 아이의 예의범절은 전부 아내에게 맡겼었어. 그래서 아이가 잘못을 하면 엄마 탓으로 돌렸고, 아이가 잘하면 자신을 닮아 그런 거라고들 했지. 약삭빠르니까."

마사미는 딱 한 번, 2층에 사는 아기 엄마가 아기를 안고 밖에 나온 모습을 목격했다. 심술궂게는 안 보였고, 평범한 여성이었다. 아기를 제대로 안고 있어 평소에는 절규를 해대던 아기도 얌전했다. 충분히 저렇게 할 수 있는데 왜 방치하는지, 마사미는 모자의 모습이 너무나도 자연스러웠기에 더욱 불가사의했다. 또한 일요일에 1층 남자아이가 부모와 함께 외출하는 모습도 봤다. 아빠는 짧은 머리카락의 까무잡잡한 피부에 체격이 좋았고, 엄마는 흰 피부에 아주 날씬했다. 남자아이는 깡충깡충 뛰어다니며 아빠에게 엉겨 붙어 정말로 신나보였다. 아빠가 평소에 없는 것이 그 아이의 스트레스가 된 걸까, 라고 생각하면서 마사미는 눈으로 가족을 배웅했다.

'절규의 숙소'에 대한 희망적 관측은, 2층 아기의 경우,

엄마가 더워서 안아 주기 싫다고 했으니까 무더운 여름도 곧 끝나 날이 선선해지면 안아 줄 것이고 그렇게 되면 우는 시간도 줄어들 것이다. 1층의 남자아이는 사사건건 "싫어."라고 하는 시기가 있는 법이니 그 시기가 지나거나, 아빠가 집에 오는 날수를 조금 더 늘리면 된다. 여름은 끝나가지만, 이웃들의 희망인 남자아이의 아버지에 관해서는 그리 잘 될 리 없었다. 어느 쪽이건 하루라도 빨리 성장한다면 문제는 다소나마 개선된다.

"그래도 지나고 보니 손이 많이 가는 아기에서 유아에 걸친 그 시기가 가장 사랑스럽더라."

마사미는 회상에 잠긴 엄마에게 물었다.

"그건 내가 얌전했으니까. 만약 엄마가 저 아이의 엄마였으면 어떻게 할 거야? 이웃들에게 시끄럽다는 불만을 들으면?"

"네가 태어났을 때만 해도 동네에 오지랖 넓은 할머니가 있었으니까. 동네에 아기가 태어나면 기뻐서는 어디 안아보자며 마음대로 집에 찾아오셨어. 나도 그렇게 챙겨 주니 고마워서 그러시라고 했고. 그랬더니 친정 부모 이상으로 보살펴 주셨지. 모유가 잘 나오게 떡을 먹어야 한다느니 하면서 이것저것 가져다주셨단다. 이집 저집서 아기가 태어났어도 시끄럽다고 불평하는 사람도 없었고. 그러고 보니 그 아파트의 아이들 같이 히스테릭한 울음소리나 절규는 들은 기억이 없네."

"하지만 그 아기나 남자아이의 엄마 입장이면 정말 괴로울 거야."

"그렇지, 내가 당사자였다면 어떻게 했으려나. 음, 버렸으려나."

"뭐라고? 뭐를?"

"아이를."

마사미가 깜짝 놀라 엄마의 얼굴을 쳐다보자 에헤헤 웃었다.

"세상에, 엄마, 무슨 말이 그래?"

"어머, 얘, 당연히 농담이지, 오호호호."

사람이 진지하게 얘기하는데 진짜. 마사미는 화가 나 방으로 들어갔다.

휴일에는 회사 일에서 해방되어 방에서 책을 읽거나 음악을 듣는 게 즐거웠다. 다행히 지금은 그 환경이 유지되고 있지만, 만약 '절규의 숙소'가 옆에 있어 그 울음소리와 울부짖음이 끊임없이 들려온다면 견딜 수 있을까.

"못 견디지."

마사미는 고개를 가로저었다. 지금은 에어컨을 사용하지 않고 창을 활짝 열어 바람을 들이고 있지만, 절규를 차단하기 위해 창을 닫고 에어컨을 켜야겠지. 그렇게 이웃과의 관계도 나쁜 인상만 남긴 채 단절될 테고. 대체 어떻게 해야 좋을까. 아기를 안고 있던 2층에 사는 아기 엄마 모습을 떠올렸다.

며칠이 지나도 변함없이 '절규의 숙소'의 상황은 개선되지 않아 주위의 평판은 안 좋았다. 천둥, 게릴라호우며 태풍이 습격해 오자, 본래라면 진절머리를 냈을 텐데 천둥과 비바람 소리에 울음소리가 들리지 않게 되어 이웃사람들은 오히려 한숨 돌리는 이상한 상황이 되었다.

고령자는 대부분 집에 있어서 아침부터 밤까지 하루 종일 울음소리를 듣는다. 아기가 밤에도 자지 않고 울어 대니 보통 일이 아니다. 밤바 씨 댁에 몰려와,

"대체 왜 저런 사람한테 세를 줬어요."

라고 따지고 들거나,

"날림 공사이니 소리가 새지. 집주인 책임도 있으니까 아파트 실내 방음해 줘요."

라며 무리한 요구를 하는 사람도 있었다. 사람 좋은 밤바 씨 부부는,

"건축비도 안 아꼈고요, 저희 집과 같은 건축 방식으로 지어서 그런 싸구려 집 아닙니다."

하고 설명하며 혈연도 아니건만 죄송하다면서 연신 고개를 숙여 댔다.

"그러면 재계약 거절당할지도 모르겠네."

아이스크림을 사 들고 온 야마카와 씨가 식탁 의자에 앉아 엄마와 이야기를 시작했다.

"밤바 씨야 돈이 궁한 것도 아니니 임차인을 선택할 수

있지. 재계약 때 집주인이 거절하면 그걸로 끝이지, 뭐."

직접 사 들고 온 소프트아이스크림을 먹으며 천연덕스
러웠다.

"그러면 또다시 이사 문제로 고생이겠네."

엄마는 컵에 든 초코 아이스를 골랐다.

"자, 마사미도 먹어."

마사미는 인사를 하고 스트로베리 아이스를 골랐다.

"동네 할아버지, 할머니도 집에만 있으니까 소리 하나하
나가 신경 쓰이잖아. 떨어진 장소에 있으면 안 들릴 텐데.
조금만 걸어가면 공원도 있고 하니 기분 전환도 될 테고."

"자신의 생활을 그대로 유지하고 싶은 거겠지. 생활 습
관을 바꾸고 싶지 않은 거야."

"어째서?"

"민폐 행위에 진 기분이 들잖아."

"아, 민폐 행위."

야마카와 씨는 멍한 표정을 지었다.

"확실히 민폐라고 하면 민폐지만."

마사미는 잠시 두 사람의 대화를 듣고 있다가 맺힌 물방울이 떨어지기 시작한 컵을 손에 들고 방으로 들어갔다. 문을 닫으니 두 사람의 대화도 들리지 않는다. 창을 활짝 여니 바람이 들어온다. 이런 날에도 '절규의 숙소'의 이웃들은 반복해서 창을 열고 닫으며 짜증나는 시간을 보내고 있겠지. 그렇게 생각하며 차가운 아이스크림을 삼켰다.

결국 '절규의 숙소'와 이웃사람들과는 세 달이 지나도 계속 평행선을 달렸다. 아기는 징글징글하다 할 정도로 여전히 계속 울어 댔고, 남자아이 역시 대단하다 싶을 정도로 여전히 난폭하게 굴었다. 그러던 어느 날, 밤바 하우스 앞에 이사용 트럭이 서 있었다. 업자는 2층에 올라가 그리 많지도 않은 짐을 실어 나르며 트럭에 싣고 있었다. 그 모습을 아기띠를 차고 아기를 안은 엄마가 도로 그늘에 서서 물끄러미 바라보고 있었다. 아기는 자고 있는 듯했다. 피해를 입었다고 불만을 늘어놓던 사람들은 그 모습을 보며 기뻐했다. 다음 날, 이웃이 밤바 씨의 아내를 찾아왔다.

"아기가 울어 대던 집, 이사 갔네요."

그러자 그녀는 어두운 얼굴로 한숨을 쉬며 말했다고 한다.

"부인이 열쇠를 돌려 줄 때 '이곳은 심술궂은 사람들뿐이었어요' 라고 하더라고요. 그런 말을 듣다니 당황스러웠어요."

그 말을 들은 이웃사람들은 기뻐했다.

"뭐라 하건 나갔으니 이제 우리와는 관계없어."

이것도 야마카와 씨 정보였다.

"흠."

회사에서 돌아와 엄마에게 이야기를 들은 마사미는 목언저리에 뭔가가 걸린 듯 불쾌한 기분이 들었다.

"모두 말이야, 서로 그렇게까지 말하지 않아도 됐을 텐데."

엄마도 얼굴이 어두웠다. 그리고 이웃사람들이 1층의 가족도 빨리 이사 안 가냐는 말을 꺼내기 시작했고, 밤바 씨에게,

"아이 가능인 입주 조건을 바꿨으면 좋겠어요."

라고 말하는 사람도 있다는 소리를 듣고, 마사미와 엄마
는 더욱 어두운 기분이 들었다.

동경의 센도 씨

동네에 센도라는 성을 가진 노부부가 있다. 영화배유 류지슈笠智衆를 닮은 할아버지는 여든일곱, 흰 피부에 갸름한 얼굴의 할머니는 아흔의 장수 할머니다. 할머니는 지금도 할아버지와 신장 차이가 거의 안 나서 젊었을 땐 호리호리한 키에 스타일이 좋았을 거라 쉽게 상상되는, 기품 있는 사람이다. 두 사람 모두 느리지만 지팡이 없이 걸어 다닐 만큼 매우 건강하다. 바깥을 걸을 때면 항상 손을 맞잡고 있는 모습이 절로 미소 짓게 했다.

"언제 봐도 다정한 모습이 참 보기 좋네요."

이웃들이 말을 걸면,

"아닙니다. 나이를 먹으니 여기저기 고장이 나서 둘이서 한 사람 몫인걸요. 그래서 딱 붙어 있지 않으면 남들만큼 움직일 수가 없어요."

라고 대답하는 할아버지 옆에서 할머니는 미소 짓고 있었다.

부부는 마당이 있는 작은 목조 단층집에 살고 있는데 마사미도 어린 시절부터 부부가 함께 마당 손질하는 모습을 몇 번이나 보았다. 그때 할머니가 이것저것 할아버지에게 지도하면,

"네."

하며 그가 순순히 따르던 모습을 보고 놀랐다. 마사미는 집에서도 엄마가 아버지에게 부탁하는 모습을 목격한 적은 있으나 어린 눈으로 봐도 아버지가 마지못해 움직인다는 것을 알 수 있었다. 하지만 센도 씨는 아버지보다 훨씬 나이가 많은데도 아내의 말에 불평 한마디 없이 둘이서 오순도순 일했다.

동네 아이들은 아이 나름의 후각으로 이웃 어른들을 '이 사람은 좋은 사람', '저 사람은 나쁜 사람'으로 나누었다. 신기하게도 아이들끼리 이야기하면 그 판단은 거의 일치했다. 센도 씨 부부는 '좋은 사람 범위'로 일치. 덧붙여 나쁜 사람 범위의 대표는 긴지로였다. 그중에 돈을 주는 사람이 좋은 사람이라는 기준의 아이도 있었지만, 대부분의 아이는 아무것도 주지 않아도 센도 씨 부부를 동네에서 가장 좋은 사람으로 뽑았다. 부부는 항상 싱글벙글했고, 얼굴을 마주치면 어김없이 말을 걸어주었다.

"좋은 아침이네요. 잘 다녀와요."

"안녕하세요. 차 조심해서 들어가요."

초, 중학교 운동회에는 부부가 빠짐없이 찾아와 동네 아이들을 응원했으며 점심시간이 되면 아내가 직접 만들어온 많은 유부초밥을 대접했다. 부모들이 감사의 인사를 하면 부부는 웃으며 말했다.

"이게 매년 우리의 낙이랍니다."

끝나고 돌아갈 때는 잊지 않고 노고를 치하해 주었다.

"오늘 모두 고생했어요."

엄마는 초등학생인 마사미에게 진지하게 말했다.

"센도 씨네는 이 동네의 아버지와 어머니 같은 존재야."

"완벽하고 결점이 없는 사람은 훌륭하지만, 불편하게 느껴지는 경우도 있잖니. 그런데 희한하게도 저 부부는 그렇게 훌륭한데도 거리를 두고 싶거나 사람을 불편하게 만들지 않아. 늘 꾸밈없이 싱글벙글 웃고 있어서 그런가. 드라마나 영화에 나오는 그런 부부가 설마 현실에 있을 줄이야, 이 엄마도 놀랐다니깐. 그런 부부가 되고 싶었는데 우리는 그러지 못했지."

"왜 못했어?"

"뻔하잖니. 우리 집 누구는 센도 할아버지처럼 마음이 안 넓으니. 애초에 그 할아버지가 바람피울 거라고 생각하니? 상상할 수가 없지. 당시에는 연상의 여자와 결혼하는 경우도 거의 없었을 테니, 분명 주변에서 이러쿵저러쿵 말이 많았을 거야. 그런 걸 보면 타고난 그릇이 크고 인간 됨됨이가 달라. 어째서 우리 집은 이 모양이 된 걸까. 어디에서부터 뭔가가 잘못된 거야, 분명."

아이였던 마사미는 엄마의 말에 아무 대답도 할 수 없었으나 센도 씨 부부는 마사미의 엄마뿐만 아니라 모든 사람에게 저런 사람이 되고 싶다, 저런 부부가 되고 싶다고 생각하게 만드는 동경의 사람들이었다.

센도 씨네는 부모 대부터 그 자리에 살고 있었고, 옛날에는 지금의 다섯 배 정도 되는 토지를 소유하고 있었다고 한다. 그런데 전쟁 후 살 곳을 잃은 사람들에게 토지를 나누어 주고, 현재의 서른 평 남짓만 남았다고 한다.

예전의 모습을 알고 있던 사람들이 "엄청 작아져 버렸네요."라며 불쌍하게 여기자 할머니는 상냥한 미소로 답했다고 한다.

"저희는 둘뿐이라 이걸로 충분해요. 제가 청소가 서툴러서 너무 넓으면 힘드니까 이 정도가 딱 좋아요. 마당 손질도 즐길 수 있고요."

이 말은 이웃들에게 '욕심 없는 훌륭한 말'로 전승되고 있다.

또한 1955년대의 어느 밤, 센도 씨 댁에 도둑이 들었다. 할아버지는 그 젊은 남자에게 물었다.

"대체 왜 이런 짓을 하는 거요?"

그러자 그는 전쟁으로 부모와 친척이 모두 죽고 장남인 자신이 동생들을 키워야 하는데 죽어라 일해도 생활이 안되어 이런 짓을 하게 되었다고 털어놓았다. 그 이야기를 들은 할머니는 주먹밥을 만들어 그의 손에 들려주었고, 집에 있는 반찬이며 식재료를 함께 건네며 동생들을 먹이라고 했다. 할아버지는 돈이 든 봉투를 건네며 "가진 돈이 이것밖에 없소만 이걸 주리다. 앞으로 일절, 이런 짓은 하지 말게나. 장래가 있는 젊은이가 이런 짓을 해서는 안 되네."라며 타일렀다.

그 후 몇 년이 지나 센도 씨 집으로 한 남자가 찾아왔다. 얼굴을 보니 이전에 집에 침입했던 도둑이었다. 그 남자는 "생활도 안정되어서 그때 받은 돈을 갚으러 왔습니다." 하고 말했다. 센도 씨 부부는 기쁜 마음으로 그를 대접했고 또다시 이것저것 많은 선물을 손에 들려 보냈다는 이야기

가 동네의 전설로 이어져 내려오고 있었다. 한번은 야마카와 씨가,

"정말로 있었어요?"

라고 물으니 아내는,

"아니요, 그런 일은 없어요."

라며 웃었다고 한다. 너무나도 꾸며낸 이야기 같지만, 그런 이야기가 생긴 건 센도 씨 부부에게 인덕이 있다는 증거이기도 했다.

마사미의 부모가 이곳에 살기 시작했을 때, 지금은 죽고 없는 이웃 어르신들은 모두 입을 모아 신혼인 마사미 엄마에게 알려주었다.

"어려운 일 있으면 센도 씨 집으로 가."

그리고 그 '미담'을 마치 자기 가족의 일인 양 득의양양하게 들려주었다. 센도 할아버지는 대학에서 농학을 연구했는데 교수들 간의 갈등을 알게 되어 진절머리가 나서 종묘 회사에 취직했다. 할머니는 어릴 때부터 취미로 단가(短歌, 일본 고유 시인 와카의 한 형식─옮긴이)를 배웠고, 결혼하고 얼

마 뒤부터 집에서 다도와 꽃꽂이를 가르쳤다. 그 시기는 부부에게서 태어난 아이가 한 살이 되기 전에 죽은 시기와 겹쳤다.

야마카와 씨도 한때 그곳에서 다도를 배웠는데, 어쩌다 다완을 든 손이 미끄러져 옆에 있던 할머니의 기모노와 다다미 위에 말차를 쏟고 만 일이 있었다고 한다. 말차는 물이 들기 때문에 뒤처리가 힘들다. 어찌할 바를 몰라 하는 야마카와 씨에게 할머니는,

"신경 쓰지 말아요. 익숙하지 않을 땐 자주 있는 일이에요."

라며 달래 주었으나 다음 날 야카마와 씨는 끓어오르는 창피함과 한심함에,

"저하고는 안 맞는 거 같아요. 죄송하지만 그만두겠습니다."

라며 몸을 숙여 사과하고는 그만두었다고 한다. 그때 내민 세탁비도 할머니는 한사코 받지 않았다. 그 이후로 야마카와 씨는 할머니를 만나면 어색해했으나 할머니는 전혀

그런 기색 없이 전과 변함없는 태도로 대해주었다. 수강생이 그만둘 때 "언제라도 또 오세요."라는 말을 들으면 그것이 또다시 압박이 되기도 하는데, 할머니는 그런 말을 일절 하지 않았다. 그저 아무 일도 없었다는 듯이 야마카와 씨를 대했다.

"야마카와 씨도 그렇게 좋은 사람은 세상에 없을 거라고 입이 마르도록 칭찬했었어."

엄마는 납득한 모양인지 자신이 하는 말에 끄덕이고 있었다.

센도 할아버지는 만사에 정통하여 이웃 간의 분쟁이나 집안 다툼을 상담하면 적확한 답을 주거나 자신의 지인 중 도움을 줄 만한 사람을 소개해 줘서, 그분에게 신세를 진 사람들이 많았다. 그중에는 돈을 들고 와서 부정 입학을 의뢰한 사람도 있었다고 하는데, 그런 사람은 완곡하게 타일러 단념시키며 어떤 사람도 불쾌하게 만들지 않았다. 엄마에게 여러 이야기를 들은 마사미는 그것은 부부의 성격이라기보다 인간으로서 지닌 뛰어난 능력으로밖에 생각되지 않았다.

"정말로 누구에게도 미움받지 않을까?"

마사미가 엄마에게 확인하자 고개를 좌우로 흔들며 말했다.

"없어. 내가 이곳에 살기 시작한 이후로 지금껏 센도 씨 험담을 들은 적도 없을뿐더러 단 한 번도 이상한 소문을 들은 일도 없었어."

"이상한 소문?"

"예전에는 남편이 승진했다거나 아이가 이름난 학교에 입학하면 시샘 섞인 말을 반드시 들었어. 남편이 상사에게 뇌물을 줬다느니 마누라가 가정교사와 눈이 맞았다느니 하는 시답잖은 소리를 해대는 사람이 있었어."

"그 사람들 아직 건강해?"

"아니, 이미 죽었지. 맨날 밖에 서서는 속닥대다가 우연히 그 앞을 지나가면 '저기, ○○ 엄마, 그 얘기 알고 있어?' 하며 불러 세우고는 했었어. 그건 진짜 시간 낭비였지."

지금도 소문이야 떠돌지만 그때에 비하면 그런 종류의 소문은 거의 없어서 많이 좋아졌다고 한다.

"지금 사람들은 적정선을 알고 있으니 그 점은 편하지."

험담하기 좋아하는 사람들 사이에서도 소문 하나 없이 미담이 전설이 된 센도 씨 부부는 정말로 대단한 사람들이라는 생각이 들어 그저 감탄할 뿐이었다.

센도 씨 부부는 손을 잡고서 25센티미터 정도의 보폭으로 천천히 동네를 걷는다. 부부가 세련된 것도 느낌이 좋다. 할아버지는 항상 옷깃 있는 와이셔츠에 반듯하게 다림질된 바지를 입고 있다. 할머니는 직접 만든 듯한 낙낙한 원피스 차림이다. 여름철에는 유카타(浴衣, 원래 목욕 후에 입는 무명 홑옷이었으나, 주로 여성들의 가정복이나 축제날 외출복으로 많이 이용된다-옮긴이)를 리폼했는지 남색 바탕의 흰 무늬 차림이고, 겨울이 되면 두 사람 모두 할머니가 직접 짠 스웨터를 입고 있는 모습도 사랑스러웠다.

두 사람은 이웃집 마당의 화초를 보면 그때마다 스마트폰을 꺼내어 촬영했다. 그리고 그 사진을 확인하며 싱긋 웃는다. 문명의 이기도 잘 사용하고 있었다. 이웃사람들은 두 사람과 이야기를 나누면 왠지 모르게 마음이 안정된다며 그들이 보이면 집밖으로 달려 나와 이야기를 나누었다. 그리고 다시 걷기 시작하면 이번에는 개를 산책시키던 이웃을 만난다. 부부는 동물을 좋아해서 개에게도 말을 걸며 쓰다듬는다. 동물은 자신에게 좋은 사람과 나쁜 사람을 알아차리는 데 뛰어나서 부부를 보면 꼬리가 떨어져 나갈 정도로 흔들며 발라당 드러누워 전면 항복을 온몸으로 표현한다. 그래서 다시 배를 어루만지면 개는 주인도 놀랄 정도로 기뻐하며 길 위에서 몸을 비비 꼬았다. 거기서 또 짧은 대화가 시작되었다가 개와 작별 인사를 하고 나면 이번에는 길고양이가 걸어온다. 말을 걸자마자 다가와 두 사람의 발에 몸을 비벼댄다. 그러면 부부는 고양이를 촬영하며 잠시 고양이와 놀아주고는 걸어가기 시작한다. 그리고 또 아는 사람을 만나는 일의 반복이다.

고령이 되면 동네 행사도 귀찮아지기 마련이라 참가하지 않는 사람도 많은데 부부는 반드시 얼굴을 비췄다. 방재

훈련 때는 피해자 역을 맡아 업혀야 했다.

"아이고, 이것 참."

할아버지는 쑥스러워했고 할머니 역시,

"에구머니나, 이를 어쩌나."

하며 미안해했다.

"이 늙은이들이 아무 도움도 못 되어서 미안해요. 무슨 일이 생겼을 때는 여러분에게 방해가 안 되도록 할게요."

해산할 때 센도 할아버지가 그렇게 말한 순간 동네 사람들은 동시에 오른손을 좌우로 저으며 말했다.

"당치도 않아요."

"건강하게 계셔 주시는 것만으로도 충분하니 그런 말은 마세요. 센도 씨를 도우러 갈 담당 주민은 이미 정해져 있으니까 그런 말씀 마세요."

동네 주민들은 고령자들을 돕는 역할을 분담하고 있다. 무슨 일이 생기면 바로 센도 씨 집으로 날아가는 게 사명이다.

"정말로 수고를 끼쳐 미안합니다."

부부가 미안해하며 몇 번이나 머리를 숙이기에 그만 이웃들도 굽실굽실 계속 머리를 숙였다. 동네에는 자신을 도우러 오는 것이 당연하다며 거만하게 구는 고령자도 있는데, 센도 씨 부부에 관해서는 모두의 의견이 일치해 동네 응급환자 분류로는 톱 그룹에 속해 있었다.

센도 씨 부부는 여유롭고 의젓하며 항상 웃는 얼굴이어서 세상과 동떨어진 부분이 있지만, 모두가 그 모습을 보면 안심했다. 다양한 성격의 사람이 함께 살아가는 동네지만, 어떤 사람도, 어떤 개도, 어떤 고양이도, 까마귀도, 참새도 센도 씨 부부를 가까이 했다. 그들이 '생물을 끌어당기는 자석'과 '정신을 정화하는 장치'를 갖고 있는 것처럼 이끌렸다.

동네에서는 각양각색의 문제가 일어난다. 아이가 걷어찬 공이 자동차나 담벼락에 자국을 내거나 시끄럽게 소음을 내고, '월하미인(선인장과의 여러해살이풀로 6~9월에 붉은빛이 도는 흰 꽃이 밤에 피어 아침이면 시든다─옮긴이) 화분을 훔쳐간 사람은 즉각 돌려놓으시오!'라고 적힌 분노의 벽보가 붙기도 한다.

　대부분의 집들이 방범을 위해 블록 담장으로 바꿨는데도 센도 씨 집은 여전히 산울타리, 그것도 사람 허리 높이밖에 되지 않았다. 도로에서 현관 쪽으로 징검돌이 놓여 있고 좌측은 화단, 우측은 잔디밭이었다. 대문도 없어서 들어가려고 마음먹으면 누구라도 들어갈 수 있었다. 특히 고양이들은 마치 센도 씨 댁이 자신의 집인 양 드나들었고, 산책 중인 개가 들어가려고 하는 것을 주인들이 잡아끌며 멈추게 하는 일도 종종 있었다. 아이들도 쫓아내지 않는 분위기를 느끼고 자유롭게 담장 안으로 들어간다. 그러면 부부는 마루에 앉아 아이들이 마당에서 노는 모습을 바라보거나 아이들과 이야기를 나누기도 한다. 또한 센도 씨 부부는 각 가정의 사정을 잘 알고 있어 아이들에게 무분별하게 간식을 내주지 않는 것도 부모들은 고맙게 여겼다. 하지만 그중에는 화단이나 마당에 나 있는 화초를 멋대로 가져가려고 하는 아이도 있다. 정성 들여 키우는 꽃이 그런 일을 당하면 화가 치밀 만도 한데 부부는 꽃을 오래 잘 키우는 방법을 알려주며 건넸다.

"잘 보살펴 주렴."

이 년 전 이른 아침, 한 남자가 마당의 잔디밭 위에 대자로 누워 자고 있는 모습을 신문배달원이 발견해 파출소에 신고하여 경찰이 달려왔다. 경찰 소리에 잠이 깬 부부는 마당에서 남자가 자고 있다는 말을 듣고 놀라면서도 제일 첫마디가,

"그 사람, 마당에서 잤는데 감기 안 걸렸나요?"

였다. 그 말을 들은 경찰은 놀라며 당황한 표정으로 물었다.

"불법 침입인데 어떻게 할까요?"

"술에 취해 잠든 것뿐이잖아요. 고생은 이 사람이 했으니."

취기가 깬 남자는 연신 고개를 숙여 댔고, 경찰에게 건낸 명함으로 수상한 사람이 아니라는 것이 밝혀졌다.

"적당히 마셔요. 그럼, 돌려보내도 괜찮겠습니까?"

경찰이 부부에게 그렇게 확인하자,

"그럼요. 집에 가서 출근해야지요? 수고해요."

하며 남자를 위로했고, 그는 죄송해하며 돌아갔다.

그 상황을 지켜보던 이웃이 "위험하니까 경보 장치라도 달아요.", "세상이 뒤숭숭하니 사람을 너무 믿지 말아요."라며 충고했다. 그런데도 부부는,

"그렇기야 하지만, 도난당한 것도 없고. 뭐, 목숨을 앗아가면 그게 내 수명이겠지요."

하고 웃기만 하니 더는 아무 말도 할 수 없었다. 거기에 건설업에 종사하는 이웃 아저씨가 있었는데,

"아, 답답하네. 센도 씨가 필요 없다고 해도 내가 튼튼한 담장을 만들어 줘야겠어."

하며 씩씩거리다가 아내에게 함부로 나서지 말라는 핀잔을 들었다고 한다. 이 이야기는 야마카와 씨 정보다. 센도 씨 부부는 산울타리 덕분에 마당 구석구석까지 햇볕이 들어오니 아주 좋다고 했다. 블록 담장은 아무래도 사람을 거절하는 느낌이 나서 싫다고 한다. 그 말을 들은 센도 씨 댁 이웃사람들은 지나치게 무방비한 센도 씨 댁에 수상한

자가 드나들지 않는지 주의하게 되었다.

마사미가 오랜만에 저녁 7시에 집에 들어온 날의 일이었다. 요 근래 바빠서 저녁에는 외식이나 회사 근처 편의점에서 산 주먹밥과 빵만 먹었던 터라, 엄마가 해 준 밥이 먹고 싶기도 해서 퇴근하자마자 동료와 바로 헤어져 집에 돌아왔다. 아버지는 이미 기원에 가고 집에 없었다.

"네 아버지, 노후 취미가 생겨 다행이야. 아무것도 안 하고 계속 집에 있었으면 힘들었을 거야. 나도 밤 10시 넘어서까지 자유시간이니. 호호."

엄마는 오른손에 젓가락을 든 채 기쁜 표정으로 어깨를 빙빙 돌렸다.

거실에서 텔레비전을 보거나 잡지를 보다 보니 순식간에 시간이 지났고, 현관 벨이 울리며 문이 열렸다. 기원에서 돌아온 아버지를 향해 엄마와 한 목소리로 인사했다.

"다녀오셨어요?"

아버지는 대답은 않고,

"센도 씨 집에 무슨 일이 있는 모양이야."

하고 외쳤다. 마사미와 엄마는 황급히 현관으로 달려갔다. 아버지는 문틈으로 몸의 반만 현관에 들인 채였다.

"손전등을 들고 있는 사람도 있던데 무슨 일인지."

"당신, 그대로 집에 온 거예요?"

엄마는 이미 샌들에 발을 찔러 넣고 있었다.

"응."

"가서 상황을 보고 와야죠. 잠시 갔다 올게요."

엄마가 아버지를 들이박듯이 달려 나갔기에 마사미도 서둘러 뒤를 따랐다. 아버지는 현관 앞에 멍하니 서 있었다.

"하여튼 중요할 때 도움이 안 된다니깐."

엄마가 투덜댔다. 부모가 센도 씨 부부가 되지 못한 이유를 마사미는 잘 알 수 있었다.

아버지가 말한 대로 센도 씨 집 앞에 이웃들이 모여 있었다. 집 안에는 불이 켜져 있고, 현관문은 열려 있었다.

"대체 무슨 일이에요?"

엄마가 옆에 서 있던, 얼굴은 알지만 친분은 없는 아줌마에게 묻자 센도 씨네 할머니가 다치신 듯하다고 했다.

"다치셨어요? 어머나, 괜찮으려나?"

그러자 앞에 있던 남자가 "마당에서 집 안으로 들어가다가 턱이 진 곳에 걸려 넘어졌다나 봐요." 하고 알려 주었다.

"어르신들은 넘어지는 게 가장 무서운데. 괜찮아야 할 텐데……."

엄마가 걱정스레 말하자 모인 사람들도 "그러게요.", "그렇죠." 하며 모두 끄덕였다. 입에 작은 수건을 갖다 대고서 벌써 울먹이는 여성을 보자 마사미는 사태가 심각한 듯 보여 불안해졌다. 마사미의 엄마가 "구급차는 불렀나요?"라고 묻자 중년 남성이 "어르신이 사양해서 준비가 되면 제가 운전해서 병원으로 모셔갈 겁니다." 하고 답했다. 과연 응급환자 톱 클래스로 분류된 만큼 이웃 간 제휴가 잘 구축되어 있다. 잠시 뒤 몸이 큰 남성 품에 안긴 할머니가 집에서 나왔다. 그 뒤로 걱정스러운 얼굴의 할아버지가,

"지에, 괜찮소?"

라며 아내에게 몇 번이고 말을 걸며 걸어 나왔다. 손에는

여성용 가방이 들려 있었다.

"여러분, 늦은 시간에 소란을 피워 죄송합니다. 정말로 죄송합니다."

할아버지에 이어 할머니도,

"귀찮아서 마당에 불을 안 켰더니 그만 이런 일을 벌이고 말았네요."

하며 눈을 내리깐다.

이웃은 지체 없이 센도 씨 부부를 차에 태우고서,

"그럼 다녀올게요."

라는 말을 남기고 떠났다.

"잘 부탁합니다."

모두 함께 차를 배웅한 뒤 "별일 아니어야 할 텐데." 하면서 각자의 집으로 돌아갔다. 돌아오는 길에 마사미는 이럴 때 제일 먼저 와 있어야 할 야마카와 씨가 없었다는 사실을 알아차리고서 엄마에게 어떻게 된 일이냐고 물었다.

"친구들과 버스여행을 간다고 했는데, 그게 오늘이었지, 아마."

두 사람은 문기둥의 전등만이 켜져 있는 야마카와 씨 집에 눈길을 주며 집으로 들어갔다.

집에 돌아온 마사미의 엄마는 거실 소파에 앉아 어두운 표정으로 또다시 중얼거렸다.

"고령자는 넘어지는 게 가장 무섭다니까. 입원하게 되면 그게 원인으로 치매에 걸리는 사람도 많다는데. 할머니가 그렇게 되면 할아버지가 병간호하는 건 힘들 거야."

"그렇게 심한 부상일까? 평소와 다름없는 모습이었는데."

큰 부상이 아니면 좋겠다는 바람을 담았더니 마사미는 살짝 밝은 어조가 되고 말았다.

"저런 사람은 타인에게 걱정 안 끼치려고 애를 쓰기 마련이야."

"그래도 그렇게 많은 사람이 모일 정도이니 모두 모르는 척은 안 하겠지."

깊어지기 시작한 생각이 어떻게 해도 부정적인 방향으로 흐를 듯해서, 마사미는 조금이라도 긍정적으로 생각하려고 애썼다.

"그야 그렇겠지만. 다만 마음이 확고한 부부라서 이웃에 폐를 안 끼치려고 사양할지도 모르지."

옆에서 두 사람의 대화를 듣고 있던 아버지가,

"평소처럼 대화를 했다면 큰 부상은 아닐지도 모르지."

하며 씻으러 들어갔다. 욕실 문이 닫히는 소리가 난 순간 마사미의 엄마가,

"네 아버지 건 싫어도 센도 씨 부부의 기저귀라면 기꺼이 갈 수 있어."

와 같은 문제가 될 만한 발언을 해서 마사미는 깜짝 놀라 엄마의 얼굴을 쳐다봤다. 이 또한 동경하는 센도 씨 부부가 되지 못한, 남편에 대한 아내의 오랜 원한인가 싶어 엄마의 강한 앙심에 기가 막혔다.

이웃 사람들이 한마음으로 할머니가 무사하기를 바라며 잠들었을 다음 날, 퇴근하고 돌아온 마사미의 얼굴을 보자마자 엄마가 기쁜 듯이 말했다.

"센도 할머니, 뼈에도 이상 없고 단순한 타박상과 찰과

상이래. 금방 나으실 것 같아.”

　할머니 같은 고령이 아니라 사십 대라도 넘어지면 뼈에 금이 가거나 골절되는 사람도 있는데, 그만큼 뼈가 튼튼하니 건강하게 있을 수 있는 걸까.

　“다행이네, 정말로 다행이야.”

　마사미 엄마처럼 할머니의 부상 정도를 알고서 기뻐한 사람이 많겠지. 고인이 되었지만 그 긴지로가 넘어져서 부상을 입었다는 소리를 들었어도 이웃들이 이렇게 걱정했을까? 오히려 쌤통이다, 벌 받은 거야, 하며 후련해하는 사람이 훨씬 많았을지 모른다. 타인의 호의를 사기 위해 사는 건 아니지만, 안 좋은 일이 일어났을 때 자신이 타인에게 어떻게 여겨지고 있는지 알게 된다. 누구도 상대해 주지 않는 노인은 참 슬프겠지만, 센도 씨 부부에게는 괜찮다고 거절할 정도로 도움의 손길을 보낼 것이다. 할머니의 상태가 알려진 다음 날, 여행에서 돌아온 야마카와 씨는 그 자리에 있지 못한 것을 몸을 비틀며 애석해했다.

　얼마 뒤 센도 씨 부부가 산책하는 모습을 다시 볼 수 있게 되었다. 할머니가 집에 돌아와 안정을 취하는 동안 이웃집 아주머니들이 대신 장을 봐주거나 집안일을 돕는 등 분담하여 도왔다. 왼발 정강이에 넓은 붕대를 감은 할머니는 오른손으로 할아버지 손을 잡고 왼손으로 지팡이를 짚고 있었다. 두 사람이 천천히 거니는 모습을 본 이웃들이 다가와 "고생 많으셨어요." 하며 말을 건다. 그때마다 부부는 고개를 숙이며 인사했다.

"소란을 피워 죄송합니다."

"그런 말씀 마세요. 힘든 일이 있으면 언제든 말씀하세요."

"고마워요."

부부는 기쁜 얼굴로 인사하고는 산책을 이어갔다. 최근에는 너무 많은 사람이 말을 거는 바람에 여기저기에 붙잡혀 산책이 되지 않자, 모두 인사만 간단히 건네고 긴 이야기는 하지 않기로 하였다. 이웃 사람들은 두 사람이 손을 잡고 천천히 거니는 모습을 보는 것만으로도 마음이 놓였다.

"이 엄마는 부부로서 센도 씨 부부를 이상으로 삼았지만, 그건 무리라는 걸 깨달았지. 그래도 인간으로서는 아직 가능성이 있다고 봐."

휴일에 함께 역 앞에서 장을 보고 돌아오는 길, 마사미의 엄마는 진지한 얼굴로 말했다.

"음."

"나이 먹으면 센도 씨네 같은 사람이 되고 싶어. 인품도 좋고 모두의 호의를 사고, 그리고 건강은 진짜 최고지 않니?"

"뭐 그렇지. 근데 무리 아냐? 결혼을 했는데 배우자를 계속해서 좋아하지 않으면 불가능한 거 아닌가?"

"어머, 그런가? 그건 좀 어렵겠네."

마사미는 뭐가 어렵다는 거냐며 어이없어하면서 엄마와 나란히 걸었다. 그때 맞은편에서 센도 씨 부부가 다정히 손을 잡고 걸어왔다. 아내는 지팡이를 짚고 있다.

"저것 봐봐, 얼마나 사랑스럽니. 멋지다. 노후의 행복을 그림으로 그리고 싶을 정도야."

엄마는 넋을 잃었다. 마사미와 엄마가 그들의 세 배 속도로 다가가자 부부가 싱긋 웃으며 멈춰 서더니 인사해 주었다.

"안녕하세요."

표정에도 어딘지 모르게 품위가 감돈다. 도라야키를 단두 입에 먹어 치우는 엄마가 그들을 따라가려면 한참 멀었다.

"건강을 되찾으셔서 다행이에요."

엄마가 한껏 격식을 차려 말하자 두 사람은 입을 모아 인사했다.

"여러분 덕분에 살았어요. 정말로 고마워요."

마사미와 엄마는 "아무쪼록 건강 조심하세요."라고 말하며 그 자리를 뒤로했다. 조금 걸어가다 뒤돌아보니 손을 잡은 두 사람이 천천히 걸어가고 있었다. 엄마도 돌아보며 두 사람의 뒷모습을 바라보았다. 그러고는 기세 좋게 앞으로 돌아섰다.

"나는 네 아버지는 빼고 나 자신을 갈고 닦아서 센도 씨 부부 같은 사람이 될 거야."

엄마가 자기 개혁을 선언했다.

"아, 그러셔요? 힘내요."

마사미가 작은 소리로 말하자 엄마는 강하게 끄덕였다.

"너도, 힘내렴."

"뭘?"

마사미는 엄마를 쳐다봤다.

"센도 씨 부부를 닮을 수 있도록 얼른 좋은 상대를 찾아."

'결혼한 엄마가 맨날 뒤에서 남편 욕을 해대면서 참도 설득력 있는 소리다!'

마사미는 속으로 반박했다. 다시 한 번 뒤를 돌아 손을 잡은 두 사람의 모습을 바라봤다. 결혼하고 싶은 마음은 없지만, 노부부의 저런 모습은 참 보기 좋다고 생각하면서 마사미는 속에서 시커먼 마음이 스윽 사라지는 듯한 기분이 들었다.